Novel 11, Book 18

Dag Solstad

第11本小說，第18本書

達格・索爾斯塔　著

非爾　譯

CONTENTS 目次

這個故事開始的時候，畢庸．漢森剛過五十歲，正在孔斯貝格（Kongsberg）火車站等某個人。他跟杜麗蒂．拉美爾斯分手到現在已經四年，在那之前他們同居了十四年，幾乎是從他抵達孔斯貝格這個本來在他的生活地圖上完全不存在的地方就跟她住到了一起。如今他住在孔斯貝格鎮中心的一間現代公寓裡，距離火車站只有幾步路。十八年前他剛來到孔斯貝格時，屬於他個人的東西並不多，只有像衣服和鞋子之類的隨身用品，加上一箱又一箱的書。後來他搬出拉美爾斯家的花園住宅，所帶走的還是這些個人用品，衣服和鞋子，加上一箱又一箱的書。他的行李就是這些。杜斯妥也夫斯基、普希金、湯瑪斯．曼、塞利納、波赫士、湯姆．克力斯汀生（Tom Kristensen）、馬奎茲、普魯斯特、以撒．辛格、亨利克．海涅、安德烈．馬爾侯、卡夫卡、昆德拉、佛洛伊德、齊克果、沙特、卡繆、布托（Michel Butor）。

分手後，這四年來每當想到杜麗蒂．拉美爾斯，他就覺得如釋重負，慶幸那一段已經結束了。然而他也必須承認，懷著驚訝甚至幾近於難過的心情承認，他現在已經沒有辦法理解或者憶起當初為什麼迷戀她。不管怎麼說，當初他毫無疑問是被迷住了，否則為什麼會毀掉跟媞娜·寇爾皮的婚姻，拋棄她和兩歲的兒子，跟著杜麗蒂·拉美爾斯來到孔斯貝格，並暗暗希望杜麗蒂能夠接受他呢？正是因為杜麗蒂·拉美爾斯，他才來到孔斯貝格。如果不是因為她，或者如果不是因為現在已經想不起來的她那股吸引力，他根本不會落腳到這裡。絕對不會。他的人生將完全不一樣。他絕對不會想到要來應徵孔斯貝格鎮財政處長職位，很有可能繼續待在部裡，有個還過得去的仕途發展，混到如今說不定已經是某個中央部門的頭頭，或者在交通管理這個領域爬到更高的位置，像是挪威國家鐵路局或類似的機構。絕對不會想當個地方上的財稅官員，絕對不會是在孔斯貝格。

他對於自己無法找回當初認識杜麗蒂·拉美爾斯時所感受到的魔力，深覺困擾。一個瘦巴巴、神經兮兮的女人——這是現在他回想起來對她的印象，他們當年相識時她才剛從巴黎回來，之前在巴黎住了七年，有一段觸礁的婚姻。她一到奧斯陸安頓下來，馬上就有了情人。這個情人就是他。他一直以來都著迷於女人那種對周遭環境敏銳的神經，是這點使他當時情不自禁地淪陷嗎？是為了她那些沒完沒了的情緒變換？在一起半年後因為父親過世，她搬回出生的鄉下小鎮孔斯貝格。她搬進一棟老舊的花園洋房，跟姊姊合夥經營花店，然後在孔斯貝格中學找了一份教職工作，教法文、英文和戲劇。

她父親過世是在九月。她回家參加葬禮，處理遺產分配，一個星期之後回到奧斯陸。她過了一個月跟之前沒有兩樣的生活，然後突然決定要搬回孔斯貝格。她星期三晚上才告訴愛人這個想法，星期天不到就走了。當她說想搬走的時候，起先他覺得鬆了一口氣。好不容易可以重新回到生活的正常秩序。他跟媞娜．寇爾皮還在婚姻狀態當中，他們之間有個兩歲的兒子。他沒有跟媞娜講過杜麗蒂的事，從他的角度來看，這是一段秘密的色慾冒險。而她現在要走，要搬去孔斯貝格從此離開他的生活，這對他來說正好不過，在他的意識中只會留下一段偷來的快樂回憶。

可是，他在那之後開始覺得不能辜負她。他得到孔斯貝格，得去找她，不然他此後餘生都要為這件事後悔不已。確實，一旦他百分之百確定自己會後悔，要回到媞娜和兒子那邊繼續之前的生活、從此失去這個秘密愛人，就變得完全不可行。於是他將秘密對妻子和盤托出，結束了這段婚姻。

當杜麗蒂開口說她要回家不會再回來，剛開始他除了鬆了一口氣外，也直覺到這件事終究不能長久；他當時就已經預見，十四年後他最終還是會離開她。他本來就不抱幻想，不預期她能夠給他什麼幸福。但是當意識到她真的一去不回，他卻非常強烈地想念她，以至於覺得內在有一個極其確切的道德驅策力，要自己留在這個不時向周遭環境散放神經質訊號，一天二十四小時滿腦子東想西想的女人身邊。

他當時好像是告訴媞娜他找到了真愛，沒有辦法違背本心。非常有可能就是這麼說的。讓他有點不安的是，他完全回想不起那段時間裡關於杜麗蒂・拉美爾斯的任何事，沒辦法證明自己當時說她是真愛的這些大話所言不虛。記得起來的只有幾個無關緊要的片段，像是他跟杜麗蒂手牽手沿著某個地方的人行道散步，然後杜麗蒂看到一片香蕉皮，就在她眼前的人行道上。她沒有放開牽著他的手，直接彎下腰來撿起香蕉皮，然後把它丟到馬路的正中央，興高采烈地說：「我希望那些車子會踩到這個滑一跤！」老天哪，他心想（不曉得是當時還是事後），這就是她解決自己問題的方法！他當時在一個政府部會裡服務，那是他六年前從大學獲得經濟學學位後得到的工作，當時他還不到三十二歲就已經升到課長。他的愛人也三十二歲，是位教師。所以當她把香蕉皮從人行道撿起來卻只是把它扔到別的地方——丟到車陣裡，這實在是太詭異了——他應該覺得她挺迷人的。但同時也覺得有點不自在，尤其想到未來可能會和她一起生活（但是那還要再過一段時間）。難道是因為像這樣的經歷，他才告訴媞娜說找到了真愛，不能夠違背本心？換一個講法，他也可以說正在經歷一場冒險，沒有辦法中途而廢。然而無論如何，他沒有辦法這樣說，儘管這個說法才能完美地說明為什麼畢庸・漢森——一個來自挪威海濱小鎮、出身寒微的男孩，服務於某個部會、年輕有為的國家公僕——會離開妻子和兩歲的兒子來到孔斯貝格，迎向不確定的未來！是這種對冒險的執迷把他牢牢地吸住，吸緊到快不能呼吸，而不是出於他對杜麗蒂・拉美爾斯的愛。這才是誘惑之所在。畢庸・漢森內心明白，這個世間最令人嚮往的幸福都是短暫的，而那時他正透過秘密地在奧斯陸聖漢斯豪根杜麗蒂那間小公寓裡追求她的這個舉動體驗這種幸福。他的人生在這段外遇之前從未活得如此熱切，因為他知道自己正處在一個無法久留的位置上。這是一場危險的遊戲，是偷來的幸福。既然杜麗蒂・拉美爾斯是所有這些偷來的幸福的目標所在，他也開始告訴自己，他不能背叛自己對她的愛。不過這並非事實。沒有了這些冒險的成分，沒有了環繞著他們兩人的這些客觀條件，杜麗蒂・拉美爾斯什麼也不是。她善於模仿的小聰明，她顧盼之間的風情，她得體的舉止，這些都可以讓他興奮雀躍，她那細緻的手腕，美麗且帶著法式的優雅，她走路的模樣——所有的一切都得益於圍繞他們兩人關係的氛圍而更添風采。他對此心知肚明。說真的，他完全知道這是怎麼一回事。他是相當有意識地在玩這個遊戲，處心積慮營造這些偷來的時刻。他當時應該告訴妻子：我不能確定這到底是不是愛，因為我根本還不太認識她。我所認識的她都只是從一些特定的情況——把她當作是我迷戀的對象——這些情況滿足了好多我內心最深處的想望，就像我對人生所期待的一切，而現在她背棄了這個情境，想要擺脫逃離，我必須追隨她，希望能夠再一次找到她。

對這一次分手，他唯一後悔的是沒有告訴妻子實際上究竟發生了什麼事。除此之外，他對後來發生的每一件事都心甘情願。即使在過了十八年之後，他仍不改初衷地覺得，當初拋棄對他完全沒有疑心的妻子和睡在隔壁房間的年幼孩子是一件正確的事。為了尋找這個對他來說代表著冒險的女人，雖然他當時已經知道，在擺脫婚姻去追隨杜麗蒂・拉美爾斯的那一刻起，冒險事實上就結束了。他並不期望把已經發生的事翻轉過來，只希望能保全對這件事的記憶，有關於她的記憶，也就是當初跟她在同一個房間共同呼吸的記憶。他不能夠讓她失望。他在這個經過深思熟慮的不忠實行為中，發現了平常只能從藝術和文學中讚嘆領略，卻無法充分了解的熱切和懸念。

於是他就那樣離開了。在他告訴媞娜・寇爾皮自己已經成為一個愛的囚徒，只能服從於其驅策之後，媞娜・寇爾皮似乎陷入震驚的狀態。她目瞪口呆，真的就是那樣，坐在椅子上一直看著他，嘴裡反覆說著一遍又一遍：「原來是因為這個，我早該發現了。」他當時害怕會出現折磨人的場面，尤其是攤牌時彼此互相大聲喧叫，會把兒子吵醒，因為兒子就躺在隔壁房間裡，那麼一來他們就必須去兒子的房間裡加以安撫，而他，也許就得把兒子一起帶走。不過那種情況並沒有發生。畢庸・漢森收拾了一些個人的東西，打包好拎到車子上，來來回回走了好幾趟，而她當時只是愣在一旁，他每次進出時都看到她坐在椅子上，哭嚎似地嘴裡反覆說著，「原來是因為這個。」最後一切都準備好，他就走了。

他開車到了德拉蒙（Drammen），E18線公路兩旁的路燈昏黃，他就著黯淡燈光穿過市區，沿著德拉蒙河東岸，然後向北開往霍克桑（Hokksund），繼續沿著德拉蒙河東岸一直開。到了霍克桑出現岔路，其中一條向前會過河到達孔斯貝格，諾托登（Notodden），諾美達爾（Numedal）和上泰勒馬克（Upper Telemark）——這就是他將會走的路徑。開上這條路之前，他把車先停在艾克斯圖瓦（Eikerstua）外。這是一家路邊酒吧，位置就在那個岔路前，然後他走進店裡。時間已經晚了，但裡面還是有不少客人正在吃切片的肉、餡餅或者三明治，喝著咖啡，有些是像他這樣開著小客車來的，也有幾個人是卡車司機，他們開的那些笨重交通工具就停在酒吧的門前。畢庸．漢森走到電話亭，打給杜麗蒂．拉美爾斯。他把零錢塞進投幣孔，然後撥號，覺得非常緊張，因為他沒有事先告訴她他要過來。（「我不想當一個有婦之夫的情人。」杜麗蒂．拉美爾斯要搬去孔斯貝格前曾經這麼說，語氣極其平和，使得他無論如何沒有理由想成她希望他能夠把事情處理好，讓她不必多費心。）他聽到她接起電話的聲音，同時也聽到好幾枚克朗叮叮噹噹掉進盒子的聲音。他可以講話了，也知道她能夠聽到他講的話。他把剛剛發生的事講給她聽，說他目前在德拉蒙北邊十二英里處的一家路邊酒吧，靠近要開往孔斯貝格的交流道。他問她現在能不能過來，她說可以。

他重新坐上駕駛座，往孔斯貝格開去。突然間他來到挪威的正中央，那個不適於居住、到處長滿樹木、地處偏遠又不合時宜（除非你一直住在那裡）的挪威，雖然此地距離這個國家的首都只有四十五英里。時間正值隆冬，下著厚厚的雪。這是一條國有高速公路，但路面狹窄、濕滑又彎彎曲曲。剷雪機鏟到一半的高高雪堆；冷冰冰的，堅實的雪。平坦的田野被埋在白色的暗處，峽谷、盆地和零星分布的農舍。雲杉森林。夜裡的一盞孤燈安裝在錯落的現代一層樓建築牆上，被白色的旋風暴雪呼呼掃過。結凍的湖面。冰封受阻的河水。殘敗的雲杉。從懸崖上垂下的冰錐陡峭地滴落在車道上方，被畢庸・漢森的車頭燈照亮。這趟車程所花的時間比他原先計算的要多得多，因為在這一片嚴寒的景象中，他必須維持低速。沿著這條狹窄曲折又滑溜的路面，因為沉悶，他的精神漸漸變差，直到車突然間開到一段陡峭的下坡，他發現自己置身城鎮郊區。沒過多久，他開下主要道路，駛向被路燈照亮的孔斯貝格街道。

時間已經是深夜，讓他驚訝的是街上還能看到不少人，大概是因為最後一場電影才剛剛散場；十一點十分。他開著車隨處逛，想找到一排計程車。他在火車站附近發現了一排，於是把車停在那裡。他走近一個坐在車裡排班等待的計程車司機，從一張小紙片上把杜麗蒂・拉美爾斯的地址念給他聽，司機很詳細地跟他解釋要怎麼去。五分鐘之後，畢庸・漢森把車停在一棟佔地不小但有點殘破的花園洋房門前，從地址看來，這就是杜麗蒂・拉美爾斯的住處。

她沒有站在門口等他。他按了電鈴，覺得過了好長的一段時間，他心裡想著她沒出現在門口，才聽到她的應門聲。等到她真的把門打開時，她的表情看起來很樂意見到他。壁爐裡已經生了火。她準備了吃的和喝的在等著他，神情顯得平靜而放鬆，在這棟她繼承而來巨大而通風的花園洋房裡，她比他原先預期的更放鬆。

事情後來的發展，是他成為杜麗蒂・拉美爾斯的同居人，在這棟老舊的花園洋房裡住了十四年。而且直到今天，他還住在孔斯貝格。最初，他還通車到奧斯陸，去當時在部會裡的辦公室上班。杜麗蒂・拉美爾斯到底是個怎麼樣的人？之前在奧斯陸，她是一個在大城市當中打滾的迷人女性，和他無意中相識，把他迷得團團轉。如今她回到自己的根本，搬回從小長大的房子，住進了對她人格早期發展有一些偶然（同時也是非常具有魅力的）影響的環境中。當他還是她在奧斯陸的愛人時，感興趣的主要是她過去的法國氣息，七年在法國的生活使得她更有智慧（他如此假定），同時賦予她舉手投足一股優雅的氣息，他深信（由於這種冒險的情況也給他們增添了魅力）生活中不能沒有這個氣息。尤其是她的手勢。那種地中海式的、以手充當聲音在美感上的輔助道具讓他著迷不已，以一種幾近於幼稚的方式迷惑他，嚴重到他幾乎沒在聽她到底說了什麼，只是入神地看著她說話時的樣子。因此他對她個性裡帶有小鎮氣味的部分，只是隱約有一點了解，因為這個部分在她洋溢異國風情的南方氣息中只會偶爾浮現。一個法國女人描述著她住在孔斯貝格那個不可理喻的姊姊。但如今對杜麗蒂・拉美爾斯來說，這些都變成每天的日常現實，對畢庸・漢森來說也是如此。拉美爾斯家族在全盛時期，擁有半個孔斯貝格及其近郊。森林、農田、商店、建地、木工廠等等。但她父親過世時，家族只剩下一家花店和一個服務站，再加上那棟老舊的拉美爾斯花園洋房。她姊姊分到了比較賺錢的服務站，現在由她丈夫管理，而杜麗蒂呢，在雜七雜八的但書之下，總算分得了這棟花園洋房，而花店則由姊妹倆共同擁有。這些安排後來導致了長期爭論，一個即使十四年後，畢庸・漢森終於搬出拉美爾斯花園洋房找到了自己住的地方，也還沒吵出結果的爭論。

爭論的重點是兩姊妹中誰比較能克紹箕裘，延續拉美爾斯家族門風。

表面上來看，杜麗蒂．拉美爾斯根本不在乎這種事，而她的同居人畢庸．漢森，長久以來也抱持著這樣的想法。她這個人從根本上就反對布爾喬亞意識，她看不起為錢汲汲營營的行為，也看不起她姊姊那種行徑，套一句她愛用的評語，「什麼好康都往自己田裡耙」的作風。她是真的這麼覺得，所以有一回他們在拉美爾斯花園洋房舉辦派對，她不小心把一個兩百年歷史的醬汁長碟掉到地板上摔破，醬汁和裂掉的瓷器碎片撒了滿地，她一笑置之，雙眼發亮驚嘆著說：「這可是個歷史性的時刻！兩百年就這樣從我的手上摔下去，一年也不剩了！」全場賓客都站著鼓掌叫好。但是畢庸．漢森知道，看到醬汁長碟破掉她其實很心痛。因為事情發生時他已經跟她住在一起，成為她的丈夫兩年之久。

雖然如此，他也有搞不清楚她是什麼意思的時候，有一天晚上他從奧斯陸的部會下班回家，一屁股坐在當天的《拉澗達爾郵報》上面，之後他們吃晚餐時，她叫他看報紙上的一則啟事。畢庸・漢森覺得他自己慢條斯理、有點內向，不是一個非常主動的人。那是人事職缺的對外徵才啟事：孔斯貝格鎮上的財政處長出缺，歡迎有相關學經歷的居民申請謀職。畢庸・漢森讀完啟事內文，對杜麗蒂投以疑問的眼神。是這則啟事的措辭有什麼閃失，觸動了她反官僚文化的幽默感嗎？只見杜麗蒂指了指那則啟事，然後說：「你可以應徵，親愛的。鎮級的財政處長——這個你一定能勝任的，不是嗎？」畢庸・漢森再次看著她，笑著說：「嗯，不妨一試！」

對啊，試一試何妨？為什麼不去應徵孔斯貝格鎮的財政處長職缺呢？都住到這裡來了。既然這麼說，他馬上就付諸行動。畢庸・漢森很認真地去應徵了那個職位。

所謂鎮級財政處長到底是怎麼樣的工作呢？其實就是稅官。負責鎮上付給國家和地區的法定稅務和費用等財政支出，要及時籌措履行，萬一沒辦法按時上繳，就得採取必要的補救措施。最早，稅官是非常高階的官吏，通常由當地最高行政官員的副手兼任，直接隸屬於國王。後來演變成專任稅官，是地方公僕，受到信任與愛戴。然而這個職位與城鎮的社群生活息息相關，而且稅收工作從地方父母官副手兼任轉為專業財政人員接手，這個事實也反映了國家從政府官僚體系轉變成廣泛的地區民主自治。二十世紀的鎮級財政處長已經不再是高階官吏，由各地鎮公所進行例行性的招募即可，通常也不要求大學學歷，只要商職或商專畢業，甚至直接從財政處辦公室既有的僱員中內升。

畢庸．漢森的申請書本來不受財政處負責招募的人員青睞。他有大學學歷，又曾經在中央部會任職，條件事實上超過了職位所需，這麼一來就把辦公室裡原來兩位受僱已久的成員給比了下去，這兩個人因為都自覺有資格被提拔上去，近來彼此競爭，處得不太愉快。畢庸．漢森就這樣硬生生地把職位從他們快要到手的嘴邊給奪走了。所以他們兩個很快就聯手抵制他，從第一天到職開始——在他們看來，他不過就是跟杜麗蒂．拉美爾斯一起住在拉美爾斯花園洋房裡，那個三十二歲、學歷太高、目空一切的軟腳蝦——儘管他看起來頗為稱頭，其他同事也都對他相當歡迎。

他就這樣搬到了孔斯貝格，還臨時起意去應徵鎮級財政處長，結果居然也錄取了。事實上，他不過是滿不在乎地聳聳肩膀。他為什麼會跑去擔任財政處長呢？「為什麼是財政處長，而不是其他任何職位？我當時還真是突發奇想」，他心裡這麼覺得，驚訝於自己的決定。但杜麗蒂當時在拉美爾斯花園洋房裡，遊走在各個房間，嘴裡現編歌詞唱著：「我老公是財政處長！我老公是財政處長！我跟一位財政處長住在一起！我跟一位財政處長住在一起！」畢庸．漢森驚奇地看著她，忍不住笑了起來。

杜麗蒂．拉美爾斯興高采烈的神情裡，有一種放肆的成分讓他很著迷。受到這樣的鼓勵，他依舊去做每天例行的事，除了稍微聳一聳肩膀。說得委婉一點，他是覺得這個工作再往上沒有別的發展了嗎？對啊，這一點他明白，不過他只是聳聳肩膀。對他來說，當時比較重要的是在孔斯貝格找到一份工作，因為他已經開始厭倦每天通勤的生活（這對他們兩人的關係也有負面影響）。他不介意留在部會裡工作，但如果他還繼續住在孔斯貝格就行不通。而如今他是孔斯貝格的居民，這是事實。

畢庸·漢森從小在奧斯陸峽灣旁的小鎮長大，父母親都不是那種有辦法的人。他是窮人家的孩子。儘管如此，他去念大學卻顯得理所當然，因為他具備了那樣的才智。十九歲時他收到成年證書，然後服了十六個月的兵役，那時候他必須對未來人生想做些什麼下定決心。畢庸·漢森決定到奧斯陸唸書。事實上，他最感興趣的是藝術、文學和哲學，還有生命的意義，但是他選擇攻讀經濟學，因為他在計算和數學方面一直都很拿手，同時也因為他隱隱約約有種感覺，自己應該要力爭上游，在人生中有所成就，不然到頭來會像父母一樣窮；最起碼，他想脫離他們那種每天辛苦勞動的生活。他不曾把藝術、文學、哲學和生命意義這些東西和辛苦勞動劃上等號，這些東西對他來說，顯而易見地自始就帶著一種奢侈的氣氛。藝術和文學對他來說不是適當的主修內容，而是閑暇時的興趣，無法當作獲得職位的手段，在他務實的盤算中，獲得職位才是學術研究的終極目標，因此他選擇了經濟學。不過攻讀經濟學的方式有兩種——一種是到卑爾根去唸，畢業後可以獲頒商學士學位，或者到奧斯陸去研究政治經濟學。對畢庸．漢森來說，當然要去唸政治經濟學。唸商業管理到頭來還是得受僱於私營企業，這樣無疑是有很多令人興奮的發展機會，但是距離畢庸．漢森想要的前途非常遙遠，也不符合他在道德和社會意識上對這些相關領域的期待，所以他連考慮都不考慮。憑著對社會的某種理解，他選擇了政治經濟學，也連帶地選擇了一個在政府部門服務的職場生涯。所以他得要成為國家的公僕，因為對他來說別無選擇。

他遇上杜麗蒂．拉美爾斯那時候，已經在部會裡任職六年（畢庸．漢森來孔斯貝格到現在都過了十八年，他總是說自己曾經任職於部會，卻從來不說明到底是哪一個部會），如果有人問起，他只會回答，「呃，某個部會，我已經不記得確切是哪一個了。」不論怎麼逼，他都不肯再多說，儘管每個人都知道他在說謊。當時他都快要升官了。如果他當時有辦法晉升為助理秘書長或副秘書長，他當然不會不願意，甚至還覺得相當地順理成章。他在部會時相當幸福，覺得編列預算評估的工作讓人激動。他們算出來的這些預估，只要改動一些變數，對數以十萬計的挪威人日常生活就會產生實際的影響。他對此也不是無動於衷，在這樣的想法下，他倒不至於對工作失去興趣。畢庸·漢森當時每天的工作還是合情合理，一直做下去也似乎沒什麼懸念。然而當杜麗蒂笑咪咪地鼓勵他去應徵孔斯貝格鎮財政處長職位時，他就毫不勉強地跟原來的仕途揮手道別，在那之後的十八年裡，他也不曾懷念過原來的官場。

他會變成鎮級財政處長是因為杜麗蒂嗎？要是沒有她的鼓勵，他當然不會那麼做，這是肯定的。如果不是因為當時她對自己的同居人出任財政處長這個想法顯得那麼高興。當時這個想法聽起來還滿瘋狂的，杜麗蒂的眼睛都亮了起來，於是他心裡想，「就這麼做吧！管他的，對啊，就這麼做吧！」

他想到自己可以真的這麼做的瞬間，就感覺到一種狂野的滿足感。這是他跟之前所過的人生做最後決裂。終於他把自己和杜麗蒂．拉美爾斯綁在一起，和這個小鎮綁在一起，和他們兩個人在這棟大而破舊的拉美爾斯花園洋房裡的共同生活綁在一起。也跟這段冒險綁在一起。雖說這段冒險已經有許多荒謬的特點，然而他當時還是跟先前一樣為之神魂顛倒。

但是出乎杜麗蒂的意料之外（因此也出乎他意料之外），他從第一刻起就對他的工作投注了莫大的認真——好吧，幾乎可稱之為熱切。一部分是因為打從一開始，他就從財政處辦公室裡那兩位沒有得到升遷的僱員眼中感覺到敵意，好像自己對他們做了什麼不堪的事。因為這本來就是他們的工作，應該由他們來爭取，沒有得手的一方就該對勝方永遠心懷咒怨，處心積慮地算計搞鬼，在暗地裡用盡想像得到的下流手段，而不是像現在居然攜手起來，時間久了還成為緊密好友，把他們所有的壞心眼轉向他這位新上任的財政處長。本來只是不小心接掌了這一個領導位置（他有十六個手下），結果他發現自己得放聰明一點才能應付這個情況。而且還得軟硬兼施，有時用巧勁，有時得耍蠻橫。財政處裡一個五十歲左右的僱員，一旦發現自己沒辦法攀上高峰，升遷到主管地位，基於這種不爽的心態所能想出來的陰謀詭計多不勝數。而在這個案例裡，這樣的僱員有兩個——俗語說得好，一丘之貉——財政處辦公室裡的氣氛有時簡直比強顏歡笑還要僵。說到辦公室，一般人會想到無趣老朽又機械刻板的辦事員終日忙碌其間，但是他們的辦公室因為這股緊張氣息，不但不積灰塵，還因為這種逐漸惡化的明亮光澤，使得各個角落都生氣勃勃。這種氣氛使他變得更堅韌，或者說，使他變得更成熟，如果不是作為一個人，至少是作為一位財政處長，而那正是到頭來在這個情況下，真正事關要緊的部分。

讓畢庸．漢森從第一天開始，就對孔斯貝格鎮財政處長的這份職位認真卻稱不上熱切的原因之一，是由於這是他的工作，是他當初自己去應徵且被錄取的工作。這不是他人生的使命所在，但是他的工作。在畢庸．漢森的人生觀裡，工作是必要之惡。就如先前所說的，他選擇攻讀的領域是根據怎麼樣的必要之惡，他希望自己能愉快勝任。等到把工作做好了，人才能夠投身於人生真正的意義，對畢庸．漢森來說這個意義很顯然是一個女人。跟一個女人生活在一起，杜麗蒂．拉美爾斯。但首先他必須去參與一般被稱之為工作的公眾事業，讓生活的輪子先轉動起來，讓社會機能運作。簡而言之，這樣肉鋪才會有牛排，小孩子和年輕人才會有學校唸，有衣服穿，走廊上才有電燈可以開關，水龍頭一扭才會有水流出來，才會有收音機，和頻道上負責講話的人，有些人擔任幕後製作，還要另外有些人開車或者搭車去商店光顧，這些商店也得有人決定去開設，要是收音機壞掉了，也要有人能負起責任把它修好，讓這些生活的輪子繼續轉動；一旦哪天雪落在孔斯貝格，鏟雪車就要大塊大塊地把路邊堆積的雪鏟除，讓新下的雪有地方堆放，在道路的兩旁重新形成新鮮的雪堆。這一切都是為了讓生活的輪子繼續轉動。而在這所有活動的正中央，畢庸．漢森假定前提是先把收集這些資源的辦公室管理好，市政和國家的運作才能上軌道。他變成國家派駐這個偏鄉小鎮中努力不懈的財政官員。嚴謹的國家公僕。

孔斯貝格位於挪威中部的拉凋河畔。這條河畫出一道可愛的弧線流經小鎮，隔出老孔斯貝格和新孔斯貝格兩個城區。一座漂亮的橋把兩邊連結起來，橋上裝飾著歌頌工作的寫實主義雕塑，像是挖礦及編排木筏。現代化的核心城區看起來跟其他挪威城鎮非常相似，主要街道兩旁有供人購物的商鋪，裡面陳列了現代文明所提供的各種貨品，從縫衣針到最新型電腦。這裡是整個鎮上最有活力的部分。大部分鎮上的公部門機構都座落在舊城區的中心，四周環繞著舊時代蓋起、如今已經顯得落伍的木造建築——差不多從七〇年代早期以來。山丘上有一座宏偉的教堂。望之儼然的警察局座落在一棟貴氣的老式花園洋房裡。看起來有點淒涼的監獄跟幾間其他建築一起圍繞著教堂廣場。其中還有消防隊，不要忘了鎮公所和相關的各類局處。

這個城鎮是以採銀礦業為中心建立起來的。當年「丹麥挪威聯合王國」

境內唯一一處銀礦就在這裡。十七世紀，克里斯欽四世奠立了這座城鎮的地基。數以千計的工人和德國採礦專家，再加上丹麥官員一起在這裡住下。選定的地點非常好，群山環抱，春天到秋天滿眼綠意，冬季時一片冰天雪地。河水從春季到秋季都是藍色的，只有冬天才結冰轉白。這裡座落著「孔斯貝格兵工廠」和「皇家鑄幣廠」——挪威的幾種硬幣在那時還是由這個廠所生產——以及幾家其他企業。鎮上有商店，各種手藝人，牙醫師，律師，醫師，官員，女店員，辦公室女職員，教師，鎮公所僱員——和工人們。而所有的人都必須納稅。

出乎意料地畢庸．漢森沒用多少時間就在這個小鎮上安家落戶，習慣起這裡的生活。甚至他對財政處長的角色也上手得特別快。沒多久，他就和從拉美爾斯花園洋房到鎮公所的路上會遇見的人們養成了點頭致意的習慣。財政處的辦公室在鎮公所裡，他每天要走過這條路兩次，一次是早上去辦公室時，然後是下午從辦公室離開時。大部分的工作時間他都在辦公室裡，除非是去鎮議會跟議員碰面。這種列席鎮議會的場合，他要提出當期財稅收入的數字報告，同時向他們說明稅收的實際狀況和針對預算所做的各項推測。這樣的生活相當愜意——雖然也有伴隨工作而來的責任，但壓力不算太大。這份工作整個來說，是一套按部就班的例行公事，如果熟悉這些業務，相關的步驟其實大同小異，都能自行運作，不勞再多費心。他一次也不曾把工作帶回家。他到處遇上的都是善意，沒有什麼人會把他當作令人敬畏的政府權威，對欠稅或者逃漏增值稅的鎮民擺出鐵面無私、追緝到底的嘴臉。沒有什麼人會覺得當他在一份公文書上署名，就代表政府現在正極力催繳，不容抗辯。帶著一張上面簽著財政處長畢庸．漢森的公文，他那些手下依序出動，到各個私人住宅去按門鈴，有禮貌地進門，然後任憑對方如何抗議都充耳不聞，強行帶走電視機、家具擺設和值錢的畫，作為因為欠稅而由政府先行扣押的擔保品。他甚至勒令一些商家和工廠企業宣布破產，其後果不只是倒楣的事業負責人要承擔，那些在商家和企業工廠裡辛苦勞動的受僱者也不免受到牽連。然而當他走在街上，人們還是把他當作朋友一樣地寒暄，他也親切回應。儘管財政處辦公室內部的紛爭時有所聞，說他這個外來的主管被兩名孔斯貝格本地的資深老員工杯葛，新上任的財政處長還是和為數不少的鎮民順利成了點頭之交。這部分歸功於他趁工作之便，主動跟許多鎮上居民接觸，不只是生意人和公務人員，更主要的原因是，那些和他打招呼的鎮民都跟他同屬一個社團——「孔斯貝格劇場學會」。

沒錯，他早就成為孔斯貝格劇場學會的一分子，甚至可以說是相當活躍的成員。當初是杜麗蒂·拉美爾斯把他帶進這個學會裡。她從很年輕的時候起就參與業餘劇場演出，如今既然回到老家，二話不說就立刻加入了孔斯貝格劇場學會，許多她年輕時在劇場認識的朋友都還是學會的成員。離開家鄉的這些年，杜麗蒂·拉美爾斯做了很多的努力來充實自我。她之前在挪威和法國研讀了劇場課程，在孔斯貝格中學教書時，除了比較普通的英文和法文外也教戲劇。從第一天開始，她就被社團視為資產，原有的成員都張開雙臂熱烈歡迎她；沒有多久，她就建議畢庸．漢森也加入這個社團。他一開始有點猶豫，跟她說他不是演戲的料，她回說社團裡還有非常多其他事可以做；最重要的是先參與進來，跟大家打成一片。但是畢庸．漢森認為如果不擔任演員，在這個氛圍裡，不管怎麼樣都會顯得有點低人一等，他不想那樣。杜麗蒂提高了嗓門表示不同意這種想法，她相信他也可以成為一個好演員，只是沒嘗試過。更何況在孔斯貝格劇場裡，所有的成員都是平等的，那是組織原則；主角戲都是輪流演，每個人都能充分參與；而且，當然囉，為了張羅一整個晚上的娛樂，總還是有很多其他工作需要有人去執行。結果畢庸就這樣參加了學會，陪著他的同居人去排演，取得了成員的資格，成為他們中間的一分子。

孔斯貝格劇場學會每年會推出一檔戲。從前一年的耶誕節開始排練，到深秋季節就在孔斯貝格電影院連演六場。畢庸．漢森在學會中最早的任務多半是打打雜。有什麼零星的差使就稍微跑跑腿，有人應徵就受理一下，協助組織售票，擔任出納，幫著擬預算，為接下來的表演與財政處、鎮公所對口接洽。公演期間，他忙著在幕後拉動簾幕，並在幕拉下來後更換佈景，觀眾席上的每一個人都可以聽到沉重家具拖過整個舞台的摩擦聲，以及一張扶手椅被負責擺設的畢庸・漢森放到定位時「砰」的一聲巨響。等到下一刻幕再拉起來，他待在後台滿腦子擔心著下個場景會不會順利進行，觀眾會不會跑掉，劇中負責演唱的牙醫師赫爾曼・布斯克，今晚緊張兮兮地走向腳燈的最後那一步時，會不會超越平時水準。赫爾曼上台時從畢庸・漢森身邊經過，那瞬間畢庸深深被劇情感動，低聲說了句「祝你好運」，除了他自己之外幾乎沒有人聽到。

沒錯，他就這樣融入了。他喜歡這種為了推出業餘戲劇演出而產生的氣氛。他可以因此認識一些人。杜麗蒂和他養成了這麼一個可以共同從事的嗜好，幾乎可說是全心投入。杜麗蒂在劇場學會中漸居領導地位——身為一個戲劇老師，說到底，她本來就幾乎算是專業了。她很喜歡出現在舞台上，也知道要怎麼把觀眾捧在手掌心；畢庸．漢森會站在舞台側邊，看著孔斯貝格這些居民如何徹底地對他這位同居人著迷，而他之所以會在這裡，也是因為這個女人，他感到非常驕傲。當她征服了眼前的觀眾後回到台上，她渾身顫抖，臉上帶著一副如在夢中若有所思的表情，他專注地看著她，嘴裡喃喃地說「太棒了」，示意她開口說出台詞，然後趕快回到更衣室準備她的下一幕出場。杜麗蒂．拉美爾斯回到她的故鄉孔斯貝格，對孔斯貝格劇場學會來說絕對是大利多。確實，她變成他們的核心成員，對台前台後每一個環節都瞭若指掌。但她卻不是擔綱第一女主角的料子。事實上，她從沒演過主角，而是把主角戲讓給其他人。她選擇在小角色上發光發亮，雖然是核心的小角色，但畢竟不是主角。學會的其他人也一直鼓勵她演一回主角戲，但她不肯。這樣行不通啦，她說。到了戲台下，她擔任的可是最主要的任務，關於戲服，她的想法總是壓倒性地獲得通過。要挑選怎麼樣的材料，到了最後都是由她決定。如果原先被列入考慮的舞台導演不得杜麗蒂．拉美爾斯的喜愛，就沒辦法順利成為導演。拉美爾斯花園洋房很自然地變成學會各項籌備活動的運作場地：戲服都在這裡縫，一些發想都在這裡構思，各種派對也都在這裡舉辦。孔斯貝格劇場學會裡的朋友隨時都可以過來，想待多久就待多久，不管是白天還是晚上，任何時間都沒問題。常常來的客人有楊．葛洛特摩，一個在鐵路公司上班、長得很好看的小伙子；還有布萊恩．史密斯，孔斯貝格兵工廠的工程師，非常低沉的天生嗓音配上一口七零八落的挪威語，站上舞台一講話就大受歡迎；還有史密斯太太，她只會說英語，不過卻是受過科班教育的縫紉老師（她的專業就是教人編織蕾絲）。還有醫院裡的史歐慈醫師和年事已高的郵政局長山德斯布拉騰。幾位漂亮的女人也會來，他們都是經杜麗蒂．拉美爾斯首肯而得以扮演主要角色，為此心懷感謝的劇團成員。還有牙醫師赫爾曼．布斯克，他後來變成畢庸．漢森最好的朋友。之外還有幾個年紀不小的店員，一些年輕的學生、整理花園的、送牛奶的，和孔斯貝格各區學校裡年紀不等的老師們，男女都有。再加上來自醫療界的一些代表，和兩位工人。

這裡的氣氛是充滿熱忱的，一個不小心就會演變成有點自以為是的小圈圈。孔斯貝格劇場學會的人各個都覺得自己是富有創造性的靈魂，把演戲這個嗜好當作畢生志業，從他們的觀點來看，世界上每一個人都擁有一股生氣煥發的力量，只是往往被自己壓抑著，而在劇場裡，這種本能得以自由發揮，透過把情節演繹出來，透過戲劇。人類作為表演者，或者如他們常掛在嘴上的homo ludens，正是他們心目中的理想，而這也成為畢庸・漢森在他往後人生中所體現的命運。因為他也變成了他們的一員，不只是因為他是杜麗蒂・拉美爾斯的同居人，而是他也對這整件事完全著了迷，就在表演開始之前，他站在簾幕背後從細縫裡偷偷望向觀眾席，為的是好好看著群眾在這個燈火通明的電影院裡魚貫走向各自的座位，坐下來等著簾幕升起的那一刻。劇團所演出的不是笑鬧劇就是輕歌劇；每年都會有成員為了到底是要安於演些本格派的笑鬧劇（尤其是錯認身分那類的喜劇，每演必定轟動），還是應該野心大一點，排一齣輕歌劇而起爭論，通常最後表決的結果是排演輕歌劇或音樂劇，例如《窈窕淑女》（*My Fair Lady*）、《蒂羅爾的夏天》（*Summer in Tyrol*）、《奧克拉荷馬》（*Oklahoma*）、《波爾波爾森之新生》（*Bor Borson*）。那是一九七〇年代，畢庸．漢森頭一回登台在《奧克拉荷馬》中演個路人甲的小角色。在合唱團裡幫著唱兩句，穿著一套牛仔戲服滿場跳舞，舞步都是現學現賣的，歌聲也真的很不怎麼樣，但觀眾的反應倒是不錯。之後他年年都參加演出，而且可以毫不吹牛地聲稱，沒有幾個挪威人比他在公開場合唱過更多輕歌劇小調的和聲疊句。雖然他之前從沒上過舞台，演出的效果卻很不錯。大家都意想不到，但杜麗蒂．拉美爾斯說她一點都不驚訝，還說如果不是因為他們兩個的同居關係，她明年還想提名他演個真正的大角色呢！

畢庸．漢森在這邊的生活型態就這樣慢慢地形成。這就是他所過的日子。在孔斯貝格的日子。和杜麗蒂．拉美爾斯在一塊兒，和這個女人在一起，不然他可能會對每一件事情都感到後悔。杜麗蒂．拉美爾斯是這個圈子的生命和靈魂所在，她的美貌和深沉讓身邊所有人都為之傾倒。那他們為什麼不結婚呢？因為畢庸．漢森覺得如果提出這樣的要求，杜麗蒂．拉美爾斯會認為他很不得體。他當初不是在沒有獲得任何承諾的情況下，拋掉所有一切來到孔斯貝格，投奔她，跟她在一起嗎？對這裡的其他人來說，畢庸．漢森出現在拉美爾斯花園洋房裡是很自然的事，他們認定他是那個被賦予機會放棄一切，只為了跟杜麗蒂．拉美爾斯在一起的男人。當畢庸．漢森眼看著杜麗蒂．拉美爾斯在孔斯貝格劇場學會中如此光彩照人，連他自己都不免這麼想了。但是他也在她的身上看到其他東西，那就是她無時無刻不在某種早就走到盡頭、已經不存在的東西影響之下。杜麗蒂．拉美爾斯哪裡都不打算去，她的生活已經不再有向外的方向，她只想留在目前的所在地兀自閃閃發光。所有這些熱情，所有這些計劃，所有這些能量，每時每刻都只有一個出口，那出口就在教室裡，在花店裡，在學會裡，在她跟畢庸．漢森共營的生活裡——不在這其中，那一切都沒有意義。

他是不是正在玩一場危險的遊戲呢？不管怎麼說，他有天晚上醒過來，發現床上她睡的那一邊是空的。那差不多是他來到孔斯貝格的一年後，已經完全適應了新生活。看見她不在床上，他看了一下時間，四點鐘。她夜裡跑到外面去排演。他睡不著，躺在那裡輾轉反側。等到她回來時已經五點半了。她到底跑到哪裡去了？到底她之前跑到哪裡去了？然而她難道不是一個享有充分自由的人嗎？畢庸．漢森無法在發生事情的當下，跟她討論有關自由的話題，只好倒頭繼續睡。兩小時後他起床，她已經坐在早餐桌前，跟平常沒有兩樣。她說她整晚都在楊那邊跟他對話，和畢庸．漢森原先猜的一樣。他點點頭。楊是那位長得亮眼好看的鐵路公司員工，在《蒂羅爾的夏天》劇中扮演希吉斯蒙德這個角色，他們最近正在排這齣戲；劇中有一場跟杜麗蒂．拉美爾斯的對手戲。「原來如此。」「原來如此，原來如此，這種事情有什麼好吃醋的嘛？」「我沒有吃醋啊！」「你沒有吃醋？」杜麗蒂．拉美爾斯笑了起來。很大聲地，滿臉不屑。她繼續逼問，直到畢庸・漢森承認他在吃醋，對她跑去跟楊廝混覺得不太高興。

而那的確是事實。他是真的在吃醋。他之前就知道楊會跟她到同一個排演現場，可是當他四點鐘醒來發現她沒有睡在旁邊，不免會想到她也許是睡在別的地方，跟某個從鐵路公司來的年輕帥哥，而這個所謂的「表演者」突然就喚醒了她內心最深處的慾望。他當時覺得自己被拋棄了，害怕會失去她。杜麗蒂對於他能夠承認自己的心態覺得很高興，強調根本沒有必要吃醋，而且這樣的飛醋對她來說也是種侮辱。當天晚上什麼事也沒有，他應該很清楚。她跟楊只是好好地深談了一番。時間一下就過去了，因為楊告訴她自己對人生的期望，而她只是仔細地聽著。她所傾聽的心聲是出自一位仍然相信人生大有可為、應該去到某個和這裡完全不同的地方，在那裡如願過活的年輕人，而她對這個人突如其來地推心置腹大為感動——他這麼吸引人又有夢想——以至於完全沒注意到時間流逝。如果她知道時間已經那麼晚，而且畢庸醒來會胡思亂想的話，她應該會早點回家。不曉得是為了什麼，畢庸當時相信了她，在那之後也一直相信她所堅稱的當晚什麼事都沒有發生。

從此之後，杜麗蒂・拉美爾斯開始比照當晚，溜躂到清晨才返家，有時是參與他沒有參與的排演後，有時是在他們都參加的排演後遲遲不願離開，或者是在大夥兒的派對後，許多人還留在學會裡，他想走了，可是她卻很不情願跟他回家，因為她還穿著戲服，神采奕奕地跟某位男士坐在一塊，通常是個貨真價實、不可一世的「表演者」，受到她在場氣氛的啟發，把自己推到極致，用現編的台詞鋪陳出一場絕妙好戲，而她卻得起身跟同居人回家，那之前的努力不都成了白搭。他們之所以得回家，只是由於財政處早上九點鐘上班，而且因為某種令人費解的理由——如果財稅官前晚睡眠不夠充足，所有的業務都會陷於停頓。至於到底幾小時的睡眠才算是充足，完全是由處長自己自由心證，無法令人信服。反之，孔斯貝格中學不管怎麼樣都能正常運作，即使杜麗蒂・拉美爾斯從學會的派對直接走到她的教師辦公桌前上班也毫無問題，從她那些學生個個都照樣拿到文憑，就足以證明這個事實。好吧，就算是拉美爾斯姊妹經營的花店，早上九點鐘準時開張，所有的女店員都得——事實上也是——到場開始工作，可是客人也不會因為拉美爾斯家年輕的妹妹整晚跳舞、沒被吃醋的同居人突然打斷把她拖回家、一直嗨到黎明破曉，就不上門光顧。在這類情況下，畢庸・漢森會走到她的旁邊，表情僵硬的像張撲克牌。但他還是相信她所堅稱的，他完全不必擔心失去她。

既然這樣他為什麼還是會吃醋呢？為什麼從派對回家的路上，他會像張撲克牌一樣僵硬地走在她旁邊呢？為什麼有時劇場學會的成員們派對完盡興地離開拉美爾斯花園洋房後，他會氣得發抖，壓抑著盛怒把內心真正的感覺大聲向她咆哮，他覺得他已經永遠失去她了。這個情況一而再再而三地發生。杜麗蒂・拉美爾斯散發光彩，成為眾所矚目的焦點。圈子裡的朋友圍繞著她，讚嘆連連。在這樣的場合裡，她的同居人畢庸・漢森只是人群中的一個。杜麗蒂雖說是大家矚目的焦點，但不表示她真的坐在最中間，因為杜麗蒂的魅力有一部分來自她的謙虛。她不但把主要的角色讓給別人演，連幾何上的中間點她都避開讓給別人；她覺得自己坐在邊緣的小桌旁是最自在不過的，一開始是男男女女圍繞著她，然後變成三兩個男的，直到最後就只剩下她跟一個男的，然後這個男的會開始像是生平第一次似地唸起他現編的台詞——一位畢業於「愛科師範學院」的教師表演起光芒四射、才華橫溢的劇本，說他被這個山巒起伏的孔斯貝格地區裡的某種魔力給迷住了，他終於為自己長久以來準備好的獨白找到了業餘演員們都夢寐以求的觀眾：一雙明亮的眼眸，等待的嘴唇，舉手投足盡顯法國味的女人，她跟人保持著距離卻又足夠親切。只是他私下為她所作的表演，在一張煞有介事的邊桌前已經演變成一幕群戲。他不知道他這個踽踽獨行的路人甲，此刻代表了全體，代表大家跪倒在他們心悅誠服的杜麗蒂．拉美爾斯面前。事到如今，難道沒有人把視線投向畢庸．漢森嗎？不會，經過了這麼些年，只有新進成員才會把目光投向他這邊，而且也只限於一開始，再來就不會了。因為人人都知道杜麗蒂·拉美爾斯對她的畢庸是忠心不二的，而這一點並不會稍減他們對她的讚賞，她甚至放任自己被雀屏中選坐在她桌前的人不加約束地讚賞，也為對方所傾倒，但即使如此，這個人知道自己到頭來還是得站起身來回家去，自己一個人。（就算不是這樣，也是得孤枕而眠，因為每當杜麗蒂·拉美爾斯離開這個雀屏中選的男人所住的地方，一定不會讓對方熱情地親吻，頂多是帶著些許甜意的輕輕一吻，就像她在公開場給畢庸的吻，不過那通常是過了整個晚上後。）而這個情形畢庸·漢森也知道，所以他才能夠繼續假裝沒事。不過這一天學會成員才剛離開，他的火氣就爆發了，醋勁大發，至少杜麗蒂·拉美爾斯覺得是這樣。事實上，他只是故作在意，之所以這麼做也是為了她。

他不敢認真去想，如果沒有他在一旁扮演滿懷醋意的同居人，杜麗蒂今晚會如何更加對被她選上的人施展女性魅力。他不願意去想自己也許讓她很不好受，如果這麼想，那接下來該怎麼辦呢？所以囉，楊在討好她足足三個小時後起身，跟其他客人一起離去，留她自己一個人。在隔壁房間讀小說的老公走過去，對她好聲好氣地問：「要不要來杯茶？」然後他也可能已經把行李都打包好，從拉美爾斯花園洋房搬走。離開孔斯貝格。那他們彼此之間原有的那點情分就從此消失無蹤。

所以畢庸．漢森看著他心愛的人。內心裡被醋意搞得情緒大壞，他看著她和史塔班菲爾特副庭長坐著聊天，或者是那個很瘋劇場的貝爾．布隆南，他一直在劇場裡幫忙，跟她打情罵俏也有好一段時間了，她不時會去他位於孔斯貝格老城區中心的小公寓裡待整個晚上，花幾個小時賣弄風情。不過畢庸並不在乎，他不相信杜麗蒂．拉美爾斯在外面瞞著他跟別人偷情——事實上是，連在最狂野的夢裡，他也無法想像這樣的畫面；如果她真的那麼做，應該早就告訴他了。

不過他還是會不時流露出醋意，好讓她知道確實是有這麼回事。他並非只是在假裝，而是真實感覺到嫉妒在內心黑暗的隱密處蟄伏——被棄之不顧的深層意識和暗暗的怒氣、反感和嫌拒，這些都如數涓涓地流經他的心田，暗暗地、深深地、微微地顫動著。然而這就像在演一齣戲。他自始至終一直冷靜地觀察著自己，當他在地板上踱著步，出於絕望大肆指責她，使得她有點動情也承認他不是無的放矢。這就是他保住她的方式，這是他表達對她腳底下所踩的那塊方寸之地的崇拜方式。

也就是說，他一直都心知肚明。他知道自己在做什麼。他當年打定主意要跟杜麗蒂．拉美爾斯在孔斯貝格一起生活，以孔斯貝格鎮財政處長的身分。閑暇時間他就參與業餘的劇場活動。他對她的愛強烈到有可能因為嫉妒而發狂。難道他放棄一切，不是因為唯有如此這份感情才更強烈嗎？到頭來，除了這份強烈還剩下些什麼呢？然而他一直都心知肚明。他知道自己正在做什麼。他完全了解，在和杜麗蒂一起生活了七年後，在維繫他們兩人關係這件事上，他主要的貢獻就在這些不時爆發的假裝吃醋上了。他已經看穿她，不再對她存有幻想。

人生。他已經和杜麗蒂．拉美爾斯一起生活了七年，而且很快就要四十歲，是個中年人了。他從這段人生得到些什麼呢？他是孔斯貝格鎮的財政處長，這算是有點成就。他漸漸相信自己具有某種業餘演員的天賦，每年秋天裡總有那麼六個夜晚，他腳踏在孔斯貝格電影院的木頭地板上，感覺到其中的樂趣。噢，真的，他感覺到其中的樂趣。那是一種異常的，深沉的感覺。七年來他與杜麗蒂．拉美爾斯一起住在拉美爾斯花園洋房裡，從而對吟詠詩文的樂趣多有體會，允稱內行，跟他同好的有那兩位教師和醫院的史歐慈醫師，他們可以在準準的同一時間裡唸同一段詩節，準確地用一致的聲調，四個人同時用他們的左腳、以同樣的勁道在氣氛炒熱的孔斯貝格電影院舞台地板上頓步，站在聚光燈下，當著光圈外、在他們面前黑暗中坐得滿滿的觀眾席人群，對著那底下演出。一陣顫抖流經你的全身，由精準所構成的官能喜悅。在那一團黑暗當中，那上千張嘴巴，那兩千多隻眼睛，在漆黑中看著所有台上演員把所有看家本領都給施展出來，包括他們這四個路人甲乙丙丁。

是的，他真的很喜歡這樣。以這種方式跨步向前，除了幫著瞻前顧後以確保演出順利進行，也在劇組裡尬上一角。然而這真的就是他想要的生活嗎？這是越來越常躲進書堆裡喘一口氣、想點事情的畢庸．漢森問自己的問題。杜麗蒂．拉美爾斯是個怎麼樣的人呢？她眼看著畢庸．漢森半夜裡不睡覺問自己這些問題，而她想跟他分享那些書時，卻注意到他並不特別有意願。她也是，眼看就要四十歲了，還是有本事用一根小指頭就把男人勾著團團轉，如同俗話說的一樣。

他盯著她。一邊監視著她的一舉一動，時有醋意，一邊也仔細思量她到底是怎麼一回事。她是孔斯貝格劇場學會自然形成的核心所在，這個由熱心人士所構成的社團組織，讓成員們的生活填滿每年要演出的六場活動。大家為了時下最受歡迎的小歌劇，不斷進行排練並準備正式登台。在所有公眾的眼前，在舞台上，在聚光燈的照耀之下，在七年的時間裡，畢庸．漢森也是這些熱心人士中的一個。白天是財政處長，晚上則忙於社團活動。那樣就夠了嗎？不能有更多別的什麼嗎？畢庸．漢森馬上要四十歲了，他迫切地想多要一點別的什麼。他開始不時暗示他們也許該嘗試搞得更大。這滿腔熱情，這些在舞台上該怎麼自我表現的經驗，這些由於精準執行計劃以及表現出自我能力而產生的喜悅——難道不能用在比小歌劇更有企圖心的劇碼上嗎？表演小歌劇雖然有時可以讓演員和觀眾提振精神，開心愉快，但是也可能因為劇中缺乏知性內涵，在禮堂燈光亮起、觀眾各自回家，演員坐在更衣室裡卸妝之後，仔細想想，反而令人感到氣餒或徹底疲累。要是整個劇組能夠提升一個層次，演出能讓人感覺到真實生活強勁衝擊的故事呢？要是他們嘗試演易卜生呢？

兩年來，畢庸．漢森一直暗示大家應該要試著演易卜生，可是都引不起什麼反應。特別當他指出輕歌劇缺乏知性內容，表演過後只會留下空虛的感覺，努力想要激起大家更上層樓的熱情時，卻沒有什麼人買帳。因為他所攻擊的正是大家極力護衛的底線。畢庸．漢森去扮演喚起大家對這方面注意的角色實在不聰明，雖然他們也感受到這種氣餒，起碼有些人感受到了。無論如何，學會中有兩位成員是支持他的，而且這兩位可不是泛泛之輩。其中一位就是會唱歌的牙醫師，赫爾曼．布斯克。

赫爾曼．布斯克有一副男中音裡少見的好嗓子，許多人都認為他應該去演些更重要的戲劇，而不只是在每年六場的孔斯貝格電影院裡獻聲。他在學會裡有著領導性的地位，就算沒有出演主角，也會擔任其次重要的男性角色。他最讓人印象深刻的是在排演過程中不按牌理出牌。不曉得有多少次當大家收拾東西準備要離開時，赫爾曼．布斯克突然唱起了大家整晚一直聽到他在排練的曲調，每一個小地方都唱到了位。所有他煞費苦心的練習突然間都有了結果，大家如癡如醉地聽著，所有人都心想，「這到時候在舞台上會是最令人驚艷的一段。」之後的演出也果真如此，不過也許比大家原先的預期稍微失色。可能是原先期望太高的緣故；赫爾曼．布斯克從不曾在舞台上扎扎實實地展現他最好的狀態——他當然已經好到足以撐起「牙醫歌手」的綽號，不過還沒有充分達到那些原本擠在排練室裡準備開門離去、走到外面空蕩蕩街上前，忽然在暗夜之中聽到他那美好歌聲而形成的高度期望。如今，無論如何，赫爾曼・布斯克對要讓學會演易卜生這件事產生了興趣，於是大家對畢庸・漢森這個想法就不再不當回事了。漢森事先沒有想到，由於這樣突如其來的力挺，赫爾曼・布斯克和畢庸・漢森也變得更加熟稔；他們坐下來討論事情一坐就是幾個小時，變成往來密切的好友——確實，畢庸・漢森後來就把赫爾曼・布斯克視為他最好的朋友。

另一位支持者是杜麗蒂・拉美爾斯。畢庸有點驚訝，因為杜麗蒂跟易卜生沒有什麼瓜葛。她談到易卜生評語都是好話，這是理所當然，她把易卜生的作品看成是經典名作，但是她對他那幾齣戲劇並不特別感興趣。這一點他很清楚，因為他們曾經在首都的國家劇院裡看過好幾回易卜生的戲劇演出，當時她都是不發一語，忍耐著看完。如今她居然要積極推動讓自己一向寶貝的劇場學會來排演《野鴨》，他真是難以置信。在實際生活中，作為一個觀眾，她對輕歌劇也不怎麼熱衷。對她來說太陳腐了，雖然戲裡面還是有那些熱鬧的成分；真的，有一回挪威劇場年度公演，她積極鼓吹大家去奧斯陸，不過那單純只是去觀摩一點舞台上的小技巧。話雖如此，輕歌劇依然是她感覺上跟自己最接近的劇種。起先他本來以為她喜歡的劇場形式是前衛的，當初在奧斯陸交往時，她所涉足的大多如此。等到她搬回到孔斯貝格參加了劇場學會，演的卻全都是輕歌劇，絕口不談什麼前衛劇場；不過，前衛劇場和輕歌劇對她來說倒是有一個共同點，那就是，內容同樣空洞無物，外表那層偽裝才是一切。前衛劇場當初吸引她的就是這層偽裝，而不是別的。他們之間沒有小孩。杜麗蒂．拉美爾斯不曾變成一位母親；她有時會開玩笑提到自己沒有小孩，並稱之為人生中的悲劇。但實際上，杜麗蒂．拉美爾斯並不想要小孩，她從沒準備要有小孩。現在不想。如果她想要有小孩，那她當初跟第一任丈夫就會有了。那是在法國，一九六〇年代。如此一來畢庸就可以想像她當時倉促離開法國模樣，手上抱著小孩，在巴黎北站等夜班火車準備前往哥本哈根（再從那裡轉往奧斯陸）。不過她在巴黎待了七年後回到奧斯陸時，事實上是沒有小孩。她作為一個單身女人，自由自在，渴望著變化，並交上男友，這個男人後來會跟她關係更為密切，追隨她回到她童年時期的家鄉。杜麗蒂．拉美爾斯沒有小孩，也希望維持沒有小孩——在她的內心深處，她希望傳宗接代就到她為止。對杜麗蒂．拉美爾斯來說，輕歌劇提供了一個可以把許多在劇場上想做的事付諸實現的拖詞：服裝，面具，假髮，快速變裝，在舞台上跑過來跑過去。如今她卻支持她同居人的想法，主張孔斯貝格劇場學會應該來排演亨利克．易卜生的名著《野鴨》，而且對這件事表現得很積極。莫非她想表現自己的忠誠？對他的忠誠，同時也是對其他人的忠誠？她想表現她是畢庸．漢森忠誠的伴侶，願意為了讓他實現這個計劃而努力奮鬥，進而也對這個計劃產生了強烈的認同，雖說一開始這只是他一個人的計劃，每個人都知道她起初沒把這個想法當一回事，如今則因為她的同居人想推動學會來排演某齣能夠讓大家都有所提升的劇作，也就是亨利克．

易卜生的名著《野鴨》，她就支持。

意思就是說，杜麗蒂．拉美爾斯對他支持的姿態是冠冕堂皇的，用意在突顯她是這個圈子裡的核心人物，對相較之下沒有人太注意的丈夫，而她偶爾也有那麼一回，在他正需要的時候伸出援手。儘管團員們對杜麗蒂．拉美爾斯的敬意與日俱增，在內部討論要不要排演易卜生的《野鴨》這件事上卻適得其反。為什麼要放棄眼前的一切改弦易轍？難道只因為杜麗蒂．拉美爾斯的同居人突發奇想說大家應該追求更上層樓，他們就得去排練一齣整個劇團的水準都還達不到的戲嗎？但大家這樣的抱怨也只是各自在人後嘀嘀咕咕，既然像赫爾曼．布斯克這樣的要角都表示贊成，而且劇團中也有些人對表演大受歡迎的輕歌劇會在落幕後內心空虛這一點頗有同感，他們也都能夠輕易想像，似乎應該來試一試，把原來不可能的化為可能。就這樣，大家決定學會的下一檔戲演出易卜生的《野鴨》。

於是當杜麗蒂．拉美爾斯提議讓畢庸．漢森來演雅爾馬．艾克達爾這個角色時，沒有人反對，除了畢庸．漢森自己。他本來就沒有打算要把主角留給自己來演，那並不是他當初提議的目的所在；他完全沒有這樣想過。但是他的反對也不是很激烈，三言兩語就被大家說服了——沒有什麼懸念，畢庸．漢森就要演出雅爾馬．艾克達爾這個角色。許多的贊成票都只是存心看笑話，認為這麼一來他免不了要出糗，這些人想要讓他在舞台上親身感受一下，到時候就有好戲可看。這一點他也明白，而那也正好是他接受這項任務的原因。葛瑞格斯．威爾勒這個第二重要的角色，本來大家屬意讓赫爾曼．布斯克來演，但這位牙醫歌手拒絕了，說這個角色太重要了他無法勝任，但自己倒是非常適合演出老年的艾克達爾，除非大家能找到比他更適合的人選。在這樣的情況下，布萊恩．史密斯就被選出來演葛瑞格斯．威爾勒。這位孔斯貝格兵工廠的工程師挪威語不是很靈光，由他來演繹易卜生理念世界裡這位不肯妥協的商人之子，應該會展現出新的面向。史歐慈醫師則出演睿陵革醫生。這個角色的人選也是杜麗蒂．拉美爾斯提議的，顯然是為了討好群眾。由孔斯貝格醫院的正牌醫師來演戲裡的醫生一角——還是易卜生的大作，由史歐慈演睿陵革醫生這位沉迷在自我見識裡的醫生。但是史歐慈醫師就是不肯。杜麗蒂使出渾身解術想要說服他，但史歐慈醫師就是不肯。這位史歐慈到底是何方神聖？大家都不認識。他是孔斯貝格劇場學會裡的表演者中較為嚴肅、不好親近的一員。他常身著醫師服，身材高高瘦瘦，手指很靈巧——也許會彈鋼琴？據他們所知好像並不會，反而是跑遍全國各地到處滑雪。冬季那幾個月，會看到他一大早就往鎮區周圍的山上跑，滿身全副比賽用的滑雪設備，以全速沿著高坡滑下。在劇場裡他總是扮演跑龍套的角色，在輕歌劇裡作為陪襯露個臉，連有名有姓的角色都混不上，為了演出，他在醫院裡的輪值還得找人換班。但這回他拒絕演睿陵革醫生。另一位被推選來演海德薇格這個角色的女人，倒是沒有說不。那個角色，大家覺得一位二十一歲的護校學生是不二人選，當然是因為她生得一張甜美稚氣的臉。杜麗蒂·拉美爾斯也在這班演員之列。她會來出演雅爾馬·艾克達爾的妻子，也就是海德薇格的母親：吉娜・艾克達爾。

劇場導演遠從首都請來；按照慣例，導演多是外聘，全國各地有許多適合的人選，專幫一些地方性的業餘劇場排練各式輕歌劇和笑鬧劇。不過要在這些巡迴各地的導演當中找一個夠格導易卜生的卻不容易。最後他們在奧斯陸找到了一位當時尚未受僱的導演。他來到這參與排練，固定和大家喝上一杯，可是每回事後，他幾乎都把過程忘得一乾二淨。與之相比，雅爾馬・艾克達爾（也就是畢庸・漢森）總是把每一個環節都放在心上。

我們長話短說：這齣戲排得一敗塗地。演出的反應糟糕，本來排定要演六場被縮減成四場，第四場，也就是最後一場，整個禮堂裡只有十八個買票來看的觀眾。確實，導演是過氣了不在狀態上，而且老是醉得搞不清東南西北，但是畢庸・漢森知道這結果不能全都怪在他頭上；他只不過是所有問題的縮影，讓他們長久以來的種種積弊現形。他們就是沒辦法把這件事做好。畢庸・漢森仔細研讀易卜生的劇本，還劃了重點，他覺得自己已經徹底瞭解整個劇本，雅爾馬．艾克達爾滿腹的悲觀厭世他都感同身受。但是這些都沒有發揮作用。他知道整齣戲該怎麼演，但是實際演起來就是跟他原先想像的完全不一樣。變得很笨重。雅爾馬．艾克達爾那種不通世事，畢庸．漢森深有體會而且認為自己完全能掌握——他可以打從心裡認同，然後表現出來，演出過去從未有人達到的境地，因為這是從深藏內心的痛苦中昇華而出，是過去的他所沒有辦法面對的殘酷事實，他發現自己處在一個巨大的悲劇當中，卻表現得如此渺小。這樣的悲劇降臨在他的頭上，並不是因為他做錯了什麼。但是畢庸．漢森完全沒把這些給演出來。他在舞台上的肢體表現，一點都看不出這些痕跡。效果沒有出來，結果好像只是嘴巴上說著，只是一具悶悶不樂、令人望之生厭的軀體杵在舞台上。他的身姿手勢都不得要領。其他角色也一樣。葛端格斯．威爾勒如此，老年艾克達爾如此，小海德薇格，雅爾馬．艾克達爾對這個角色愛得如此之深，以至於無法忍受再多看她一眼。畢庸．漢森站在舞台上飾演一個角色，表現得相當愚蠢，連他自己也不免這麼想。觀眾倒沒有笑他，甚至於加以嘲弄，噢沒有，他們反而表達出興趣，試圖想鼓勵他，忍著不打呵欠——好吧，甚至還給他一些稀稀落落的掌聲。然而這一台戲真的演得不行。

他們還沒那樣的能耐。事實擺在眼前，要完成這樣的任務，他們還缺乏資格。畢庸·漢森還不具備充分的舞台光彩來演活雅爾馬·艾克達爾那種飽受折磨的姿態。這令人難以接受，但卻是事實，他還沒有足夠的表演技巧，因此無法散發出那種光彩。光是有感受還不夠，光是內在有感受還不夠。這個教訓在孔斯貝格電影院裡展現了四回，那一年的深秋，應該是一九八三年吧（是不是？）。

可是他自始至終心裡都是明白的。他早就知道這是不可能的，沒有人會說這件事可以辦得到。他對於表演，對於將表演視為一種專業，對於這其中牽涉到的藝術成分等等都有起碼的了解，所以心裡也明白他不可能創造出化身為雅爾馬·艾克達爾那樣的幻覺。但是他想做這件事的欲望是如此強烈，使得他甚至沒辦法把這個明顯的事實考慮在內。

這樣的心情也適用於其他成員。無論是個別來看，或者作為一整個表演團體，他們都不具備可以演出這齣世界級戲劇的能力。如果說雅爾馬．艾克達爾在舞台上算是沉悶無趣，那英國工程師布萊恩．史密斯所演的葛瑞格斯．威爾勒也沒好到哪裡去，他那一口零零落落的挪威語提升不了他跟雅爾馬．艾克達爾間的對話，而且適得其反。而小海德薇格，雖然扮相還算甜美，但是很不幸地她無法演活這個走進閣樓的脆弱角色，她演技太誇張，導致在那幾個感性的時刻，當整個偌大的舞台上只有他們時，雅爾馬．艾克達爾被嚇得僵在台上。

之後他們兩邊都一樣不開心。其他的演員極力克制各自的挫敗感，只有畢庸．漢森和小海德薇格把難過表現在臉上——畢庸．漢森儘管早就知道這兩年來他熱心鼓吹希望能達到的成果，由於顯而易見的原因而根本不可能實現。小海德薇格跟他不同，她本來還是抱著期望的。她那年二十一歲，是她在德拉蒙護校的第二年；每天下午她都得搭火車到孔斯貝格來排演，結束之後還得在車站等最後一班火車，以回到她在德拉蒙所租的房間。他們當時都不知道，一直到後來這件事才曝光，原來她竟然向護校請了六個月的假，還用掉了一萬五千克朗的學生貸款，只為了來探究海德薇格的靈魂。結果慘不忍睹。雖然她對這個被構思出來的十四歲女孩的內心世界著迷不已——因為這個戲揭示了一些跟她有關的深沉感受，一些她沒有辦法傳達給任何人的心聲，即使是她最要好的朋友。雖然說這些感受和每天所說的言語距離很遙遠，但卻以一種很基本的方式令她感動，並且在她與父母間幾乎絕無摩擦的關係中埋下一道伏筆——即使如此，她還是有辦法以一種極端做作的態勢演出，把整齣戲都毀了，而她甚至還不明白到底錯在哪裡，只知道確實是出錯了，於是在那四場演出之後，她都靠著雅爾馬·艾克達爾的肩膀悲傷不已地哭著。在排演和演出的那段時間裡，她放著好好的家裡不住，還是繼續生活在德拉蒙那個附家具的房間裡，因為她不敢讓住在孔斯貝格的父母知道，為了要得到在易卜生的《野鴨》一劇中演海德薇格這個深受啟發的經驗，她下了多大的賭注。因此每場演出之後，她還是很本分地回到德拉蒙，假裝繼續上著護校的課程，第一個晚上的演出也是，演出後的派對她也沒參加。

第一個晚上落幕後，在更衣室裡，小海德薇格靠著畢庸・漢森的肩膀哭泣之際，吉娜・艾克達爾走了進來，滿面春風。吉娜・艾克達爾（也就是杜麗蒂・拉美爾斯）這樣滿面春風不是沒有原因，因為在這場一敗塗地的表演當中，只有她有所收穫，你可以這麼說。眼看著滿腹辛酸的畢庸・漢森以及淚流滿面的海德薇格，她說：「不過整體進行得很不錯，謝幕啦什麼的也都還好。」她這些徒具形式的加油打氣，根本沒辦法讓在場的人感覺好一點。但是對她來說這場表演是成功的；她可是風靡了全場觀眾。這使得她得意洋洋、興高采烈，幾乎都沒有注意到，一個年方二十一的甜美年輕女子正把頭靠在她同居人的肩膀上，因為其他演員和舞台工作人員正把她團團圍繞，稱讚她精彩的表演使得這整個晚上不至於一無是處，他們完全無視她讓這晚不至於一無是處的成功表演，其實背離了整個劇團的演出方式，她以一種和全團打對台的方式演她自己的。杜麗蒂．拉美爾斯充分地意識到她將會在一齣易卜生的戲劇裡演繹一個女性的角色，這個角色有可能懷抱著一個陰森的秘密，足以造成身邊其他人分崩離析。她很忠實地表現出吉娜．艾克達爾生活中和私底下的嚴肅本質，雖然沒有真的演出來，但做足了表面工夫。從這個角度來說，她沒有比劇團的其他人演得更好或者更壞。不過演了一會兒之後，她注意到觀眾沒有什麼反應，於是開始脫稿演出，賦予這個角色一種魅力，把觀眾喚醒，覺得有點意思便開始低聲笑了起來。

杜麗蒂使出誇張過頭的身段和廉價的小把戲來演出吉娜．艾克達爾，噢，她搖著尾巴取悅這些當地的觀眾，他們也就心甘情願地在這一段稍縱即逝的時刻裡為她傾倒。

畢庸．漢森當時就站在現場，一邊演著他那令人難耐的雅爾馬．艾克達爾，一邊全程目睹這一切。就在舞台上。當時就只有他們倆。倒數第二場戲。如今也是一樣，當這齣戲顯然是演砸了，但他還是想把這個荒謬的劇中人物表現出來，雅爾馬·艾克達爾，他知道這個角色是個連心裡都悲劇的人物，而這一點必須讓大家都清楚。雅爾馬·艾克達爾是一把鑰匙，可以打開那扇門，讓觀眾看到真正令人眼花繚亂的問題；他的命運必須走向一種讓他可以真正保持自我，不被葛瑞格斯·威爾勒最後遺言所影響的路。假如他在這個時候，在最後一場戲裡海德薇格死後，別的話都說不出來，只能夠揮灑一些空虛的辭令，那麼人生就單純只是不值得活——然而如今，畢庸·漢森試圖想從中活出一點意義，卻終歸徒勞無功，化為烏有。在這樣的情況下，站在他身邊的是以杜麗蒂·拉美爾斯的形象出現的吉娜·艾克達爾，神采奕奕，滿面春風。他走下台，她卻拒絕跟他一起走下台。

反倒繼續搖著她的尾巴，然後就在那稍縱即逝的片刻之間，觀眾忘記了這一檔戲原是何等索然無味，任由杜麗蒂·拉美爾斯對他們施展媚功。她把這場戲給偷走了。畢庸·漢森勇氣十足地繼續演著，把他這整檔戲撐到最後，與此同時，杜麗蒂則使出渾身解數施展魅力。她站在那裡，沐浴在寬大為懷的聚光燈下，臉上畫著厚厚的一層化妝，為自己旋風般地贏得觀眾的喜愛而得意洋洋，渾身上下顫抖著。事實上，當時畢庸．漢森站得離她非常近，可以清清楚楚地看到這一切。杜麗蒂完全背離了這場表演背後的想法，還有他背後的苦心，只為了讓自己從中倖免。杜麗蒂．拉美爾斯的魅力就這樣壓倒了畢庸．漢森那一點不成功的嚴肅性。她的所做所為違反了大家事先的共識，畢庸．漢森應該也對她竟然在背後這樣插上一刀而有點驚訝吧。他應該要指責她，事發當時立刻壓低聲音問她：「怎麼了，妳為什麼要對我出這一手？」但他沒有。他也沒有問自己她為什麼要這麼做。他只覺得如釋重負。並不是因為她試圖從這場失敗中全身而退，而是因為她拒絕跟他一起下台。

事實上，他一直對她主動積極、費工夫支持他推出這檔戲覺得很不自在。她忠誠的態度裡有一種讓他覺得窒息的東西。就在畢庸．漢森快要決裂離去的當下，這件事情把她給綁在他身上了。因為杜麗蒂．拉美爾斯已經大不如前。她已經四十四歲，臉上和身上都刻劃了明顯的歲月痕跡。她的臉飽經磨損，線條變硬，略顯嚴厲。他是多麼地想念當年這張臉的柔滑細嫩。但那已經永遠消失，不復存在了，畢庸．漢森原來賴以建立生活方式的那些想法也隨著消失無蹤。他當年來了之後，把這裡當作他的家。在孔斯貝格，和杜麗蒂．拉美爾斯在一起。他把所有一切都拋在身後，因為他當時害怕，如果選擇不去追求從她的身體和臉龐散發出來的誘惑，他可能這輩子都會後悔不已。如今這張臉龐和這個軀體只會讓他回想起某些永遠失去的東西，這讓整個情況更加令人難以忍受。已經有一段長時間，他心裡隱隱約約這麼覺得。

杜麗蒂．拉美爾斯仍然是她與畢庸．漢森共同生活氛圍裡的自然中心。圍繞著孔斯貝格劇場學會這個交際圈子裡的成員，彼此間非常緊密，其中的核心包括了十二年前畢庸．漢森剛搬來時的那一群朋友，不過這些年來當然還是有某些變化。有些人不見了，有些其他人加入。跟原來就在圈子裡的人一樣，新來的成員也學著把杜麗蒂．拉美爾斯當作是自然而然的中心。但跟之前相比，她已經在很多方面變得不同，無論是面對那些待得比較久的人——不管他們有沒有意識到這一點——或者是面對那些新來的人。他們常常簇擁在她的桌旁，這個桌子一直都擺在稍微邊緣的位置，不過儘管這些聚會一貫都還是以某個男人單獨和她坐在一起暈頭轉向地（至少男方這邊）密談收場——雖然他（還有其他男人）心裡明白，他只會坐在那裡一會兒，不期望之後會有什麼事情發生，不過也覺得這樣就夠了，是的，就夠了——等到畢庸．漢森現身提議他們應該要回家了，有時還有兩三位男士在她的桌旁與她輕鬆談笑，但也可能出現別種組合，譬如一男兩女（杜麗蒂之外）或者兩男兩女，諸如此類。而且之前這些男人看著她，現在他們則滿足於彼此討論她，儘管是帶著大為讚賞的態度。當然啦，他們也會直接來跟她講話，對她或她主張的看法公開表示佩服，說她現在正在做的事有多麼重要，不只對孔斯貝格劇場學會而已。他們都來跟她說些好話，無論男女，原有的還是新來的。他們也來跟畢庸．漢森講講話，因為他是她生活中的同居人。他們要讓畢庸．漢森知道杜麗蒂．拉美爾斯是一位多麼迷人的女性。何等的熱情！何等的勇敢！一開始畢庸．漢森也覺得有點陶醉，當他看著一個三十幾歲的工程師那雙誠實無欺的眼睛，而對方才剛跟他大讚杜麗蒂．拉美爾斯是個多麼迷人的女性。真是有本事！有的還會說她真是勇敢無畏，而且活潑有趣。而且你看她顯得多麼年輕有朝氣，從內在煥發出來。

畢庸．漢森只好站在那裡聽著這些謬讚，內心裡不無一種實在聽不太下去的寂寞之感。雖然這些人也許沒有注意到，畢庸．漢森知道他們之所以這麼說，是因為他們也感受到歲月在他的同居人臉上留下了痕跡，他們談到她的態度，是把她的魅力歸諸於她和這個圈子多年以來的關係，是個已經成為過去的篇章，沒必要把他們講的話太當一回事。他感覺到他們無視於他的存在。他們盡情地玩樂，對拉美爾斯小姐致敬，稱讚她的髮型，她漂亮的服裝，她對整體氛圍的重要性，使大家得以團結並且保持高昂興致，但是他們說這些話時輕描淡寫，一派鬧著玩的隨興。雖說他們也發現了她較過去已略為失色，但沒有關係，這對他們來說沒有差別；這些年都過去了，如大家所周知，他們只要聳聳肩膀，得和她一天一天過日子的還是畢庸・漢森，跟之前一樣。

杜麗蒂也表現得跟之前沒兩樣。一直以來都是同一個她。做著眾所周知的那幾個後天學來的法國手勢，仍然用那雙眼睛勾男人，讓他們無法抗拒，如今卻跟他在一起，在這個時刻裡只有他們兩人。她還是非常有魅力，還是懂得吸引男人注意的基本要領，不過男人受吸引的程度已經大不如前。如果這個男人是圈子中較資深的核心人士，他表面上還是會從善如流前來致意，接著進一步更誇張地製造出喜劇效果，假使沒有顯得可憐巴巴的話。新加入的男人不免覺得有點尷尬。他們原先已經學會把她當作傑出的喜劇導師尊敬，對於她這樣不加掩飾地一味奉承、像是在邀請對方的態度，倒不知道該怎麼反應。如果是在過去，這些男人應該沒辦法抽身離開，倖免於難。以往每個人都知道杜麗蒂・拉美爾斯雖然賣弄風情，但絕對不會失手淪陷，還是保持一貫的忠貞（對畢庸），但不管怎麼說，他們覺得她太有吸引力，於是就對她逢場作戲起來，彷彿正置身於生命中的一場冒險。但如今，當她賣弄起風情，新來的男人紛紛起疑。他們還真的相信她是在吃豆腐，所以都想辦法迴避。畢庸・漢森不時見到這個現象，即使是在家裡，在拉美爾斯花園洋房裡。杜麗蒂・拉美爾斯總會拉一些男人回家練唱。到了午後，畢庸・漢森從財政處辦公室下班回家，就會聽到迷人的輕歌劇曲調和鋼琴伴奏透過房間門傳出來，一進房間，他就會看到杜麗蒂・拉美爾斯伴著一位劇團裡的男性成員。跟以往一樣，杜麗蒂・拉美爾斯會賣弄風情，想方設法和對方四目交接，故作親近——譬如說，深情款款地輕輕拍那個男人的外套衣袖，好形成一種親密氛圍，這是她每回都會使出的伎倆，或者說已經形成她的一個習慣——不過隨著這些年過去，近來這位三十歲的工程師一見畢庸・漢森進來拯救自己，總是面露喜色大表歡迎，開始滔滔不絕地說起劇場對他何等意義重大，幫助他在這個充斥著電腦、硬梆梆的物質世界裡得以自我實現，隨手從鋼琴架上抓起單張樂譜就衝出門外，留下畢庸．漢森呆站在原地，不知道該怎麼辦。眼前只剩他的杜麗蒂，他多麼希望這位工程師能被坐在鋼琴前一邊直視他的臉，一邊向後甩著頭髮的杜麗蒂．拉美爾斯給吸引，而他那張臉，正因為她用手指輕拂著他的外套衣袖而喜不自勝，完全沒有意識到他，畢庸．漢森已經走進房間——或者他注意到卻假裝沒看到，這樣才能好好消磨他跟這女人最後這一點偷來的時刻！如果他那樣做的話，畢庸．漢森就不會像這樣孤零零地跟杜麗蒂．拉美爾斯站在那裡，清楚看見她那小小的雙下巴和日形顯著的皺紋，還有她以往柔嫩的手臂，他現在摸起來只覺得皮膚乾澀不復當年了。

然而杜麗蒂呢？她難道心裡不明白嗎？青春已經消逝不復返了？她應該早就明白，但是卻不為所動。即使這位三十歲的工程師對她這位戲劇導師懷抱著最大的熱情，卻衝出門外，慶幸能抓緊時機離去，她看在眼裡還是不為所動。確實，他們兩人都覺得有一點尷尬，卻裝得好像什麼事都沒有發生。他們能怎麼辦呢？杜麗蒂・拉美爾斯選擇讓自己表現得一切如常，還是當年那眾所矚目的焦點。這對她來說其實很容易，因為在過去的十二年間，她畢竟只有一個男人，也就是他——畢庸・漢森。那就是為什麼她會突然間，如此出乎意料之外地在他想要孔斯貝格這些表演者放棄輕歌劇，改為演出易卜生時予以支持？她應該已經猜到他老早以前就放棄了，不想成為一個所謂的表演者，而他身為合唱團的一員整天唱著輕歌劇的曲調，心裡那種無法投入感日漸強烈，強烈到他想擺脫這樣的假象，超過十年以來他僅有的生活假象。他知道他的提議一旦被付諸實行且進行順利的話，將意味著孔斯貝格劇場學會分裂，那些想投入畢庸・漢森所謂巨大努力的一群，和那些只想哼哼唱唱表達自我，承襲原來經久不變、廣受歡迎的演出路線的另外一群。她絕對更喜歡後者，卻支持畢庸開演易卜生。她表現得一切如常，繼續作為眾所矚目的焦點，即使意識到自己年華不再的事實。畢竟，她每天早上在梳妝鏡前，都會看著自己沒上妝的臉。難道這就是她為什麼會常常想到，只要是面對其他的女人，自己從沒有像現在這麼自覺年輕，以前她年輕時沒有勇氣表現年輕，而她現在面對著畢庸和其他的男人，內心依然能保持年輕女孩的心境嗎？他所得到的支持，是一個女人就像祭出神奇咒語般處心積慮，讓保持像個年輕女孩的心，儘管畢庸認為（很嚴酷地認為）已經不再有人明顯地感受到這一點年輕氣息。也許她還相信會有人從她的舉手投足中感覺到她還充滿活力，由於她曾經接受許多訓練並習得相當的技巧（雖然顯得很不得體）；若要以得體不得體來衡量，她這些表現都不算成功，只是一個四十幾歲的女人想要模仿她已然逝去的青春、想要引人注目的可悲行徑——她難道看不出這一點嗎？當她輕輕拍著男人的外套衣袖，流露出那種虛構的渴望，一如她還花樣年華時所做的。眼前的男人應該看不出她的動作源自怎麼樣的心理背景，她毫無疑問是這麼想，雖說最終仍引起對方的抗拒，不過，她沒有辦法接受這樣的反應就是了。她也了解自己現在不比當年，所以才會去支持畢庸．漢森。不過她這樣做為時已晚。他當然很高興能得到她的支持，因為這麼一來顯然大大增進了想法被付諸實行的機會，也意味著他們的關係能持續下去，平平靜靜波瀾不興，奠基於對另一方的忠誠而非外貌——是吧，無論如何他還是試著用這種角度來看待他們倆的關係。但同時，他也在當中看到其他的層面，跟紅顏漸衰的美人住在一起那種難熬的寂寞。一個其他人都樂於對她說些模稜兩可卻也是出自真誠的讚美，再留給他去陪伴、去收拾殘局的女人。他們心裡一定覺得我們有杜麗蒂很好，有畢庸也很好，由他來承擔最後的任務，陪在她身邊。畢庸．漢森對杜麗蒂臉上轉硬的五官頗感困擾，那些緊繃的線條不再柔和，那張臉常常得刻意做出引人注目的突發表情，一下子哭泣，一下子偷著眼看：「我內心裡還是一個青春少女，我從未像現在這樣年輕。」使得三十歲的工程師避之唯恐不及，一看到畢庸出現就如釋重負，趕緊逃出門外，留給畢庸去承擔婚姻的義務，照顧她，獨佔她，以便他這位工程師，這位還有大好人生的男人可以逃出門外，免於被她那兩隻乾癟的手臂給勾住，那兩隻手臂現在正牢牢地勾住畢庸．漢森，一切都是因為十二年前發生的那些事。

她從來沒有對他不忠，這個事實綁住了他。他感覺這個情況困住他們，使他們不能動彈，就算想改變也無能為力。而且能獲得她的支持他很高興，儘管他心裡懷疑。等到杜麗蒂繼續熱心地鼓吹孔斯貝格劇場學會承擔排演易卜生這項艱巨的任務，在排練過程中又積極主動地擔任吉娜．艾克達爾一角，期間一點都沒有賣弄或起鬨，他也就不再起疑。他想像他們能形成一種合作的關係，或者說一種同志情誼，這樣的感情基礎如果夠深，那麼他每天早上在她身邊醒過來，看到她卸妝後枯槁的臉的那種痛苦就可以平息。確實，他看見她全心地投入，親眼看到。於是他也決定放手一試。在這個業餘劇場學會的架構中，加入一點認真和同志情誼的蓬勃朝氣，這些表演者在孔斯貝格這個窮鄉僻壤，嘗試要做一番真正的大事業。直到結果證明這整件事行不通（本來就不可能行得通）之前，他都還能從他和杜麗蒂．拉美爾斯的婚姻裡辨識出一種成熟無怨的生活輪廓，並不是這樣的生活多吸引他，而是至少能減輕另外的痛苦，減輕視覺上的難以忍受，也讓他了解他終生都在追求某種到頭來注定要瓦解的東西。大自然毫不留情。他慶幸杜麗蒂．拉美爾斯儘管擁有那樣少見又老練的魅力，卻對他死心塌地、始終忠貞。但事實上他卻想一走了之，那就是他內心真正的嚮往。他知道自己內心的痛苦無法真正平息，但是他已經跟她鏈在一起了。

就在這時候，罔顧兩人的感情她做出這樣的舉動，藉由收拾這齣業餘演出的殘局，在舞台上公然背叛他。這樣做值不值得？她知道自己當時在做什麼嗎？在那個關鍵時刻，杜麗蒂是何等興高采烈！她全身顫抖。這一點只有畢庸．漢森（也就是令人生厭的雅爾馬．艾克達爾）注意到，因為在舞台上他離她實在很近。那雙打顫的膝蓋，那張感情豐富的臉，在那一瞬間抓住觀眾的喜好，她回過神來，大為感動，沉浸在自己廉價的成功當中——這就是杜麗蒂・拉美爾斯，興奮、陶醉，不計代價。這是她的樂趣所在。畢庸・漢森終於可以脫離她重獲自由了。在她風光的那一刻，他知道不管付出什麼代價，他不會再跟她住在一起了。

話雖然這麼說，分手前他們還多過了兩年。因為他要怎麼跟她說呢？說他覺得歲月一天一天地蹉跎，說他不再覺得她的臉孔和身體有吸引力了嗎？還是說他沒有辦法接受她原本柔和的美貌已經永遠棄她而去，只留下一個睡在身旁什麼感覺也沒有的女人？如果一個男人那樣看待他的妻子，簡直讓人難忍到說不出話來。於是他仍然和她住在一起，花了兩年的時間才終於分開，那兩年完全是場惡夢，我們在這裡跳過不多加敘述。

最後他總算把屬於自己的東西收拾好，搬到孔斯貝格鎮上現代街區裡的某間公寓。恢復孑然一身。他可以從從容容在自己的起居室裡隨意走動，享受安安靜靜的生活。那間公寓在四樓，從陽台可以看到下方的火車站，就在左手邊。車站的建築和一條條的軌道，朝向南北各自會合歸攏成一條然後消失在視線之外，繞著孔斯貝格劃出一條引人注目的弧線。孔斯貝格可以說是被經過的鐵路軌道給圈了起來，開往克里斯蒂安桑（Kristiansand）和斯塔萬格（Stavanger）的快速客運列車往一個方向，去奧斯陸的往另一個方向。每天晚上，就在午夜之前，開往克里斯蒂安桑和斯塔萬格的夜車會停靠在車站裡。從火車上投下低垂的窗影，一片寂靜。午夜時刻，車站那邊沒有半點聲音，不像白天列車到站時，擴音機會廣播車班停靠的訊息，即使是星期天，從畢庸・漢森的客廳裡仍聽得很清楚。從陽台右手邊，他可以看到流經小鎮的河流一角。這條河名叫拉濶（Lågen），上游的發源地在遙遠的紐梅達爾高原（Numedal Plateaus），所以也被稱為紐梅達爾斯拉濶。孔斯貝格位於內陸，而紐梅達爾斯拉濶流經小鎮後會繼續往前，蜿蜒蜒一哩又一哩，最終到達拉爾維克海邊。畢庸・漢森看到的這一小段河景相當特別，河中有三個蕞爾小島，島上覆蓋了高聳的松樹，畢庸・漢森很喜歡這個景象，雖然他更想要看到紐梅達爾斯拉濶流經孔斯貝格時形成的瀑布，瀑布會在空中畫出另一道引人入勝的弧線。這道河水所構成的弧線，在流經孔斯貝格老城區的那一段特別吸引人，河畔有一座十七世紀的教堂，建在稍微高起的地基上，再過去還有三四棟十八世紀末的宏偉貴族宅邸，在前景後襯出輪廓。那一片風景從鐵路橋看過去格外優美，橋上鐵軌邊有行人步道，畢庸．漢森星期天散步時，不管走哪一條路線都習慣經過這裡。走在橋上，他也會俯身凌越生鏽的鐵絲網護欄往下看，凝視那黑壓壓一片的河水，端詳水上的倒映和波紋。

順便一提，畢庸．漢森星期天散步時常跟赫爾曼．布斯克走在一起，就是那個會唱歌的牙醫。他們在孔斯貝格外圍鄉間一帶四處遊走，可以俯瞰市區的山上，沿著山路一直走到峰頂，例如知名的旅遊景點「克努特希塔」（Knutehytta）。兩人都穿著燈籠褲和帶帽風衣夾克，老式風格的那種，一路隨意漫步，邊走邊聊。他們都是中年人了，老早就在社會上找到自己的位置，也獲得一定的尊敬。赫爾曼．布斯克擔任牙醫，而畢庸．漢森是個財政官員。星期天是到外面去走走的日子。在這個往昔開採銀礦的小鎮，假日往山裡面去的每一群人都是來爬山的。畢庸・漢森和赫爾曼・布斯克會分別不斷遇見一些需要打個招呼再繼續往前走的人，有時還得停下來跟他們聊幾句話，不管跟人講話的是赫爾曼・布斯克還是畢庸・漢森，另一個就站在旁邊等著。那些人有可能是學會裡跟他們都熟識的人，或者是畢庸・漢森在工作上認識的人，亦或是赫爾曼・布斯克的患者。等他們走個大半天回到鎮上，他們就到赫爾曼・布斯克家裡，布斯克太太會準備好星期天的晚餐等著，或者他們就分道揚鑣，各自回到住處。畢庸・漢森被邀請去布斯克家一起享用星期天晚餐，頻率大概是每月一次。對此他很感謝，因為沒有什麼比得上在曠野林間長途跋涉之後，走進赫爾曼・布斯克家的門廊，感覺星期天燒烤的香味在鼻孔裡撓動，畢庸・漢森就像這樣大聲地表達他的感受，經他這麼一說，赫爾曼・布斯克的太太貝莉特也頗感得意。但是他一個人吃飯也不覺得有什麼問題。星期天時，他常去大飯店裡用餐，那個餐廳有非常傑出的廚房，比老牌的孔斯貝格酒館還要好，那裡幾年前發生過火災，重新翻修後一直沒有恢復往日的高水準。他喜歡星期天到餐廳裡用餐，一個人，讓客客氣氣的服務生來招呼，而這服務生還認識他，因為他可是個常客。然後畢庸．漢森就會坐在那裡，回想他跟赫爾曼．布斯克在山上一路走著，遠眺市區時所講的話。他們討論的話題多半是文學，他們兩個人都愛讀書。雖然兩人的品味有很大的不同，赫爾曼比較喜歡大部頭，相對傳統的小說，通常是讀讀書俱樂部出版的書，而畢庸．漢森往往在書籍零售商年度清倉拍賣時才買書，他認為那才能找到真正划算的好東西。所以他們很少能好好地討論個別的作品，因為畢庸．漢森已經讀過的書，赫爾曼．布斯克都還沒有讀過，而畢庸．漢森對赫爾曼．布斯克正在讀的書又都不感興趣。但是他喜歡聽赫爾曼．布斯克跟他講到這些書，完全不是想知道他為什麼喜歡這些書，也不是因為他談書時的那些遣詞用句，只是因為他的語調，他可以從中聽出他們有共同的參考架構，雖然在這個架構底下，他們過往重要的讀書經驗是各自進行的。因為這個相同的原因，當他在某一個深秋的星期天，得意地說起卡米洛・荷西・塞拉（Camilo José Cela）剛剛榮獲諾貝爾文學獎，而他在那之前讀了一本塞拉的小說，書名叫作《杜瓦特家族》，畢庸・漢森知道赫爾曼・布斯克能夠了解他的意思。那一天樹上的葉子紛紛脫落，路上蓋滿黃色的枯葉，像是鋪了一層地毯（或者像是沿路丟滿垃圾，如果你想那樣看待這件事的話）。他是七年前在一次圖書大特賣時發現這本小說，只有一本，光是僅有一本這個事實就能讓他感興趣了，不過他當時買下來的原因是因為一首歌。在挪威沒有什麼人聽說過卡米洛・荷西・塞拉，這書之前的銷量應該不超過兩百本，雖然是大特賣時買的，但他應該就是那兩百個讀者當中的一個。塞拉得獎時，畢庸・漢森曾經讀過相關的訪談，得知被訪問的文壇名人也很少讀過塞拉寫的東西。但孔斯貝格有一個人早就知道他了，孔斯貝格的地方財政官早已發現這本小說，這是高水準的西班牙作者從他的頭腦裡編織出來的故事，很不簡單吧，是不是？其他兩百位讀者在哪裡呢？挪威那三個最大的城市裡應該會有幾個，奧斯陸、卑爾根和特隆德罕，而且這兩百個人當中應該有幾個會講西班牙語，他們混雜在這個偏遠的國家裡，用挪威文讀這本書是為了查看譯文的水準，但如果真有人花這樣的力氣來一探究竟，毫無疑問他應該會覺得驚訝。反正在孔斯貝格有這麼一個人，但是畢庸・漢森也很確定，在挪威的某個小村落或是其他地方，還會有一小撮塞拉的讀者，比方在蓋特斯（Geithus）。蓋特斯？為什麼不可能？蓋特斯非常可能就有十五個塞拉的讀者，事情往往就是這樣——閱讀某些小說就像是一場小型的傳染病，一種秘密的傳染病，會突然在最奇怪的地方爆發開來，同一段期間內的其他人卻不受感染。「以前完全沒有發生過，但現在就這樣了，」畢庸・漢森說，說得頗為激動，他對於自己能夠成為那兩百個讀過塞拉小說《杜瓦特家族》的兄弟會成員之一而感到驕傲。「一本灰暗的小說，我順便跟你說——」畢庸・漢森補充，「故事內容是寫一個不認識字的人，他犯下了冷血的謀殺案；是一個西班牙的傳奇故事。描述在埃斯特雷馬杜拉（Extremadura）那樣一塊被烤焦又破碎的土地上，成長於其中的人們會是怎麼樣的情況。然而——」他若有所思地又說，「這樣夠灰暗了吧？我要說是，我喜歡這本書，但是它到底夠不夠深刻呢，我的意思是它是不是深入到我自身的生存經驗中呢？」他說完後陷入沉默，赫爾曼・布斯克也不知道該說什麼。他們倆不發一語，肩並肩走著。常常都是像這樣——畢庸・漢森有感於塞拉得到諾貝爾文學獎的這番長篇大論只是個例外，並不是常態；他們想講話的時候就會講，常常都是其中一個人在自說自話，但多數時候，他們都是並肩走著，各自想著事情，只有在他們必須回應路上行人友善的點頭致意時，這情況才會被打斷。不過就在塞拉得到諾貝爾獎的那段時間，畢庸・漢森比平常更加沉默寡言，因為一種令他困擾的痛苦漸漸產生。他的牙齒開始痛。他不太確定到底什麼時候開始痛的；他的牙齒也許已經有毛病一陣子了，可是他沒注意到，直到最近他必須面臨自己很快就要五十歲的這個事實，人生已經達到中途的高峰，接下來就會開始一路下坡。然而他是真的擔心他的牙齒，有時候是持續的痠痛，不然就是隱隱抽痛。他有點想告訴赫爾曼・布斯克這件事，卻又決心不要麻煩他。每年有一次，布斯克身為牙醫，會叫他來做個年度檢查，好好看看他的牙齒。除此之外，他們完全不會談到這個話題。偏偏這時他的牙齒開始痛，而下一次的年度診療還要等九個月。畢庸・漢森真的很擔心，主要倒不是怕痛，他還可以忍痛，而是因為這個痛所意味的其他事。他害怕這個痛表示他的牙齒接下來會依序脫落，從牙床上鬆脫，直接掉下來，一顆接著一顆。他時不時都得克制自己不要向赫爾曼・布斯克吐露這番憂慮。儘管他知道，至少他相信，赫爾曼如果知道他處在焦慮狀態卻不好好找他談談，一定會不高興，赫爾曼・布斯克一定會馬上幫他掛好星期一的號。但是這也許沒有大礙，畢庸心裡覺得。只是我自己疑神疑鬼，拿一些憑空想像的問題在朋友閑暇時去麻煩他，這樣太愚蠢了，他心想。所以他們就還是肩並肩，一語不發地走在孔斯貝格周遭可以俯瞰市區的山路上。

有時停下來發表一點見解，或者乾脆長篇大論。當畢庸・漢森還在仔細考慮利弊得失，到底要不要把對牙齒的憂慮說出來，最終還是決定不要麻煩這位牙醫師時，他也就讓自己的思緒隨便亂走，嘴上講著一些不相關的事，於是常講出讓赫爾曼・布斯克頗感驚訝的話來。就像有一次，這位鎮上的財政處長突然說起他所喜歡的書幾乎全都呈現沒有指望的人生，而且帶著苦澀的黑色幽默，毫不留情。從某個角度來說，那也相當合情合理，對他的朋友赫爾曼・布斯克展現出對方心裡有準備能明瞭的一面。但是當他接下去又說，「對這些書我現在覺得厭倦了，」然後對自己下的這個定論加以解釋，說他現在想讀的是一本能表現人生希望，不需要幽默感，無論是黑色幽默或是其他幽默感的書，赫爾曼聽他這麼說，覺得很驚訝，想不出該怎麼回應，只好說當然沒有半點幽默感的書還是很多的，畢庸・漢森話鋒一轉，說他講的當然沒錯——「然而這樣的書全都相當無聊。」這時他們再度走回小鎮，信步爬上鐵路橋，在橋上肩並肩佇足，俯瞰著略低一點的鐵軌和更下方的潺潺河水，接著又繼續沿著鐵軌旁邊的步道前行，下橋後抄近路走進一處密集的建築群，來到面對街道的那一角，在那裡他們要嘛就分道揚鑣，不然就繼續一起走到赫爾曼．布斯克的住處，貝莉特會備妥星期天的燒烤。

畢庸滿五十歲。這一天他一個人靜靜地慶祝，在孔斯貝格某高樓街區、完全不會有人來打擾的公寓裡。他事先就說得很清楚，不希望大家為此多費心，大家也都尊重他的願望。全國第二大的《挪威晚郵報》徵求他的同意要發個消息，只要他提供一張照片和相關簡歷，他就這樣輕描淡寫地把這件事說給赫爾曼．布斯克聽。當地的《拉潤日報》也打個電話給他，說要安排一個訪問，他好聲好氣地請對方不要麻煩了，他們也就明白當他說不想在報上有隻字片語出現時，那不是出於客氣，於是他們放過了他。

他開始會肚子痛，在用完餐後。他有點擔心，覺得應該去看醫生。但是他希望這種痛能自行消退，所以一拖再拖。然而痛卻沒消退。但是真的痛得那麼厲害嗎？他仔細研究自己的感受，那算是一種悶悶的抽痛。他牙齒抽痛，肚子也抽痛。兩種痛都沒消退。牙齒痛他不想給牙醫好朋友赫爾曼．布斯克診療，兩三個月就這樣過去，他想還是等到年度通知再說吧。倒是肚子痛他決定去看醫師，他打電話到醫院給史歐慈醫師，之前他有什麼狀況都是去找他診療。他跟史歐慈醫師還算熟，過去在很多齣孔斯貝格劇場學會排演的音樂劇裡，他們一起客串跑龍套的小角色，雖然那已經是四年前的事了，他還是繼續找他看病。史歐慈醫師馬上跟他約了一個診療時段。

到了約好的時間，他出現在醫院，被帶進史歐慈醫生的診間。史歐慈醫生一身白袍坐在辦公桌後面，問他一些他早就習慣醫生問的問題。畢庸．漢森一一答覆，史歐慈醫師則頻頻點頭。他觸診肚子，問按壓時會不會痛。「不會，沒什麼特別的感覺。」畢庸說。史歐慈醫師開了一張X光檢驗單，一邊跟他聊著以前的事，順便說到他現在也沒去學會了。「時光不再了，」他說。「現在我寧可坐在家裡聽我的莫札特。」畢庸．漢森心裡想，那似乎比較適合這位高大安靜、手指修長、看起來適合彈鋼琴的醫師。

門診後過了幾天，史歐慈醫師打電話給他，要他再到醫院一趟。X光檢驗結果出來了，畢庸．漢森很擔心，馬上就到醫院去。他被請進史歐慈醫師的診間，而醫師跟上回一樣坐在辦公桌後面，正仔細看著他的X光片。「找不出任何異狀，」他說，「我們得做一些別的檢驗，把這個情況徹底搞清楚。」畢庸．漢森點點頭。史歐慈醫師用聽診器仔細聽了一下畢庸．漢森胸腔的動靜。沒說話，態度超然，就跟平常一樣。不過突然間他說，「你猜我看過多少個病人？在我一生當中。」畢庸．漢森搖搖頭，對這個問題感到驚訝。他不知道要怎麼回答。史歐慈醫師突然直直地看著他，頗為專注地，眼神卻很空洞，他這種眼神過去被大家解讀成謙虛、不愛熱鬧。「從一個醫師的觀點來看，病患完全健康時醫師很難說會覺得心滿意足，不是嗎？怎麼說呢？病得很厲害的病患肯定會讓醫師覺得比較有成就感。畢竟得是一個有病的人，醫師才能夠對他治療吧。你說是不是？」

畢庸．漢森覺得不太自在，氣氛變得有點奇怪。史歐慈醫師變得不一樣，他沒有想到事情會如此發展。是因為他說了什麼話嗎？還是因為他表現出來的態度？畢庸．漢森覺得自己跟平常沒什麼兩樣。畢庸．漢森突然懂了。這個人現在嗑了藥，難怪會這樣。他為什麼沒有更早想通呢？當年在孔斯貝格電影院的舞台上，他們兩個人，史歐慈醫師和畢庸．漢森一邊合唱一邊跳舞，穿著牛仔戲服或漁夫套衫哼著合音的疊句，或是在其他劇情時搭配表演。他的眼神一直都是這麼空洞。從來都沒有按照戲分要求的專注，雖然說他會迸發無窮的活力，歌聲也很宏亮，但是嘴唇總是掛著一抹溫和得有點傻氣的微笑。沒錯，史歐慈醫師就是那樣，嗑了藥以後不太講話。畢庸．漢森覺得一陣頭昏眼花，之前居然都沒有人明白過來！當時就已經這麼明顯，種種跡象俱在。如今他看得很清楚了，因為史歐慈醫師講出不正常的話。換句話說，畢庸．漢森這時會想通，是因為史歐慈醫師給了他線索。

這件事在他心裡留下劇烈的印象，過去他到底都在幹些什麼，他幾乎不太知道。他不可置信地看著史歐慈醫師，一身白袍坐在辦公桌後面，用著聽診器的纖細手指以及柔和目光中的渙散。這一切是真的嗎？為什麼會發生在我身上？為什麼在所有人裡面，史歐慈醫師會想讓我知道呢？然而史歐慈醫師並沒有給出答案，他還是跟原來一樣坐在那裡，超然靜默地坐在辦公桌後面。突然間畢庸聽到自己說，「讓我困擾的是我的人生如此無足輕重。」他之前從未跟任何人講過這個心裡的想法，甚至從來沒有對自己承認，雖然許多年來這句話早就來到舌尖上，好吧，他一直都想說，而現在終於說出來了。他很驚訝地看著史歐慈醫師。史歐慈醫師渙散的眼神游移著，就像有些人正在打什麼主意卻又不希望顯現出來。眼神游移，空洞渙散地望著，好像可以從那兩個窟窿深深探進他的內在。「而且應該會再繼續三十年，差不多是那麼久，到我能夠領年金退休，怎麼說也還要十七年吧。我不會去幻想一些不切實際的事，至少我不覺得我會。」聽到自己這樣說著，以一種別有意味的無辜語調大聲地說著。這到底算什麼？史歐慈醫師的眼神又飄移了，然後露出微笑，一個由衷的微笑。眼神終於和他對上了。

他的肚子還是繼續抽痛。史歐慈醫師想方設法要找出毛病。他傾向判定這是某種別的病的症狀，於是又做了幾項檢驗。結果全部都是負面反應——或者說都是正面反應，取決於從哪個角度來看這些檢驗結果。這麼多的檢驗表示，畢庸．漢森讓這位備受尊敬的駐院醫師做了多次診療。醫師聽他講話時，他可以聽到自己講出一些不曾對自己說過的事，講得可起勁了。有一點陶醉其中。「對我來說，幾乎每一樣東西都完全無所謂。」畢庸．漢森聽到自己這麼說，「時間繼續流逝，無聊乏味卻一直徘徊不去。」這些話讓史歐慈醫師聽了由衷地高興，他看得出來，就在醫師忙著想找出病因之際。會是喉嚨的問題嗎？嘴巴打開。有可能是耳朵嗎？耳朵和肚子會有什麼關係？誰知道，天曉得？

「你知道，我會來到這個小鎮完全是機緣巧合，對我而言這個地方本來毫無意義。我會在這裡擔任財政處長也只是單純的巧合。不過如果不是來到這裡，我也會在某個別的地方過著一樣的生活。無論如何，我沒有辦法接受自己變成這樣。一想到這個我就覺得苦惱。」畢庸．漢森說，再度從內心深處驚訝於自己居然真的在別人面前以這種方式表達自我。「我的問題沒辦法從日復一日的生活中得到答案，」他繼續說，「只要想像一輩子就這樣過完，我的人生全部都在這裡，卻沒辦法找我最深沉的需要能夠被聽到、被看到的地方！我將會沉默地死去，這讓我很害怕，我的雙唇吐不出半個字，因為沒有什麼可以說的。」他說著，從自己的話裡聽到自己孤注一擲的訴求。他所傾訴的這個對象作為人類早就停止機能，在他和社會的關係上只剩下一具空殼，儘管他在這個社會上擁有崇高的地位。噢，陽光就這樣透過窗簾灑進孔斯貝格醫院的這個診間！照在窗櫺上那些讓人不舒服的光線。長方形窗格上的毛玻璃，每天有人把它們擦乾淨，好讓這一家醫院散發社會要它該有的安全氛圍。他對自己剛剛講出來的話覺得有點丟臉，因為一個過了五十歲的人不應該隨便講到死亡，而他居然就這樣說了起來，還講得那麼大聲清楚。三十歲的人可以這麼說，因為在這個年紀死去算是不幸，不管從什麼角度來看，人生該有的一大塊就這樣被奪走了。但是對他來說，對畢庸・漢森這個剛過了五十歲的男人來說，死亡只是一個自然過程的必然結論。雖然說從統計學上來看，現在死還有一點嫌早，但反正他就是要開始面對這件事了，不需要哭哭啼啼，該怎麼做就怎麼做吧，這段賽跑就這樣一路衝向自然的結局。不過他剛剛表達的是對自己的死沒有任何說法，對自己也沒有交代的那種恐懼，之前他一直覺得無法忍受，現在還是如此。

那史歐慈醫師對他說的話有什麼反應呢？沒有。他只是一副得意洋洋的樣子。他做好了檢驗，把檢體封起來送去分析，收到檢驗結果就叫畢庸・漢森再約下一回的診療時間，然後做新的檢驗。過程中，畢庸・漢森就繼續吐露一些像這樣的事情。彷彿他只要走向史歐慈醫師，就進入到一個完全不一樣的空間裡，史歐慈醫師有時坐著有時站著，眼神柔和空洞地看著他，有時還隱約散發一種感於有人用這種方式求助於他的竊喜。他時不時會提到自己嗑藥的事，稱這個叫做他的「命運」。「我有了這樣的命運，」他說，「想要跟任何東西發生關係都不容易，回想起來，即使是最平常不過的一件事，對我來說都像是酷刑。很奇怪的是，困難點並不在做的時候，而是在我想那件事的時候，去做之前或做過之後。」史歐慈醫師總算對畢庸・漢森的身體做了完整的檢查，但找不到任何毛病。「你的身體一點問題也沒有，」他說，「我可以跟你打包票，」說到這裡他偷笑了。這位醫師在幫畢庸・漢森看診的過程中養成了這個壞習慣。畢庸・漢森不喜歡他這種刻意壓抑的偷笑，但還是接受了。因為這表示史歐慈醫師雖然沒有明說，但完全信任他，所以可以在自己輕微陶醉中任由這種表情流露出來，不然他就得小心翼翼不要讓自我顯露出來。在那個內心世界裡，他過著只有自己的生活，只為他自己，沉溺於自我，除了恣意奔騰在他看不到的靜脈血管中那具有撫慰作用的陶醉之外，其他事他一概不關心。有了這個診斷，畢庸・漢森作為病患的角色遂告一段落。他說了謝謝和再見，然後離開醫院，整件事就這樣結束了，這些奇怪的診療過程如今成了已經闔上的篇章。

不過從那之後，史歐慈醫師就開始私底下來找畢庸・漢森。在他的公寓裡。大部分時間是在深夜，而且他陶陶然的程度比過去在診間裡更嚴重。他來得不是很頻繁，也許一個星期一次，有時候來的次數更少。但兩人的對話一直持續著。畢庸．漢森講他的想法，史歐慈醫師則不時影射他的命運，他很高興自己能用一種坦率的態度把這件事說出來。史歐慈醫師告辭離開後，畢庸．漢森就一個人繼續這個對話，假裝醫師還在眼前跟他你一言我一語。因此他更加專注於用這套之前受限制的語言，開放地來思索自己的處境。這全是因為他過去沒辦法接受眼前的事實，即人生不過爾爾。他最初滿腔怒火，拒絕接受這個狀態。不管要用什麼方法，他都必須要表達，表達他拒絕接受。因此他孕育出一個計劃。一個瘋狂的構想，他決定等下一次史歐慈醫師來的時候講給他聽。

畢庸．漢森想要用這個計劃來把他的拒絕具體化，表現出他「巨大的否決」，他開始這樣稱呼自己的計劃，要透過一個無可挽回的行動來達成。透過一個單一的作為，他要向前投入到一個不能回頭的行動中，剩下的餘生都要和這個瘋狂的想法綁在一起。他非常期待把這件事講給史歐慈醫師聽，不只因為這個計劃必須依靠醫師通力合作，更重要的是，這個計劃會把之前在他們之間迸發的友誼予以完成，將他們連成一氣，所以他很期待史歐慈醫師的到來。終於，有一天晚上夜深後他來按門鈴，狀態比平常要更冷淡一點，完全在另外一個世界，這樣形容他絕不過分，畢庸．漢森在自己的聲音裡聽出特別期待的語調，他說著，「喔，是你，請進請進！」史歐慈醫師坐下來後，畢庸．漢森馬上開始解釋他的計劃，先大致提綱挈領地說一遍，並說明所涉及到的層面。畢庸．漢森打算要做的事、為什麼要做的原因，以及跟史歐慈醫師有關的部分為何。不過，史歐慈醫師一聽就說他沒辦法參與，這件事風險太高。但是這件事非得要有史歐慈醫師不可，少了他就無法成事。畢庸．漢森對醫師的負面反應覺得很驚訝，看得出來他看待這件事是把它當作一個肯定會發生的「事實」而不僅只是當作一個「想法」，畢庸．漢森自己目前是把它看成一個想法；但是如果一個想法要被實行出來，那麼合於邏輯的結論，這個想法就必須被當作一個事實來鼓吹，而這就是史歐慈醫師不願意接受的關鍵所在。也許是這個想法表達得還不夠好，畢庸．漢森心想，試圖向醫師解釋得更詳盡一點。他覺得自己剛剛講的似乎不太對勁。他對這個想法有完全的把握，或者說是對這個憧憬，但是要把它化為語言卻覺得很困難。難的倒不是即將發生的事，而是到底為什麼他會在腦海裡孕育出這種想法，即使只把它當作一場遊戲。到最後他只好硬著頭皮跟他說：「我沒有辦法解釋我為什麼會這麼想，」他說，「不過那就是我想事情的方法，可以吧。」他接著又說，一邊笑著，對自己所講的話顯得缺乏信心。沒多久史歐慈醫師就跟他道了晚安，告辭離開。

但是他去而復返，他改變了主意。「不過保險金我要一半。」他說，這一點畢庸．漢森毫無疑問願意給他。「因為要你這樣做需要冒很大的風險。」他說。史歐慈醫師聳了聳肩。

從那一刻起，醫師就把這個計劃承擔了起來。以他的專業能力，他馬上就對計劃中三個比較弱的環節做了補強。「發生的地點不能在這裡，」他說，「一定得在其它地方。在東歐吧，或許。你有任何機會能理所當然地去那邊嗎？」畢庸．漢森把這個想法仔細想過一遍。「可以，」他說，「我辦得到。」然後還有一件事需要避免。不能再有其他人牽涉進來。如果這些事都能確保，計劃應該行得通。「那些未來處理這個問題的人，到時候只會把它當作例行公事，不會起疑，人性就是如此。」這位醫師說，「我們不會被發現，除非是你自己頂不住壓力搞砸了。」但是畢庸．漢森不可能自己搞砸。就算不為別的，他也得幫史歐慈醫師設想。萬一他起了想坦承的念頭，也還有一個自己之外的人需要考慮，而這一層考慮會封住他的嘴，他說得慷慨激昂，經他這麼一說，史歐慈醫師也有點感動。

這個瘋狂的想法由史歐慈醫師仔細地檢視過後，就像在醫院動手術時一樣，牽涉到手術的部分，有什麼替代方案以及可能會有什麼障礙都要先小心地檢視一遍。因為史歐慈醫師既然決定要參與這一局，就要讓事情具體可行。一開始只是畢庸．漢森表達深切的渴望，想對他的人生做出無法挽回的事，現在則要在醫療體系中找合理的可行方案，之所以做得到是因為身處系統內部，可以從微小的縫隙著手，這種情形在每個概念系統裡都有，在每種社會網絡裡都有可能進行。

對畢庸．漢森而言，史歐慈醫師對這個計劃的支持使它變得更不可思議，也更具吸引力。沒多久，他就再也分不清楚這是一場遊戲還是認真的。當然，從他的角度看起來，這仍然是一場遊戲，是從他的想像力迸生的病態虛構——沒錯，那就是他對這件事的稱呼，是腦海中的瘋狂所形成的邏輯，他如此著迷並把這個想法告訴了史歐慈醫師，就像是爭取認同。然而就如同一個字引導出另外一個字，當他對史歐慈醫師指出這是一場遊戲，甚至強調這只是遊戲時，雖然他小心翼翼不直接說出，史歐慈醫師仍只是不屑一顧地看著他，並不為所動，對畢庸．漢森把這件事說成遊戲顯得沒辦法理解。這個計劃要是實行出來，可就是完完全全的真實。現在只缺一個讓事情發生的現場，而這只要花點時間自然就會找到。史歐慈醫師可不把這事當成一場遊戲。畢庸．漢森覺得喉頭一緊。他可不就是孔斯貝格的財政處長嗎？而史歐慈醫師可不就是孔斯貝格醫院裡備受敬重的醫師嗎？這是怎麼一回事呢？這樣的遊戲就算只是遊戲，也萬不能傳到其他人耳裡，不然就太尷尬了。財政處長和醫師。然而史歐慈醫師是一個嗑藥的人，他需要人跟他同謀，而不只是跟他玩遊戲。他好不容易才找到一個健康的人，說著病態的語言，而且不是隨口說說，是有心跟他同謀，做點不尋常的勾當；史歐慈醫師慎重其事地跟這樣一位好兄弟達成協議。

隨著醫師越專注於準備工作，畢庸．漢森對他和這個計劃的感受變得很矛盾。醫師和他討論起這個會徹底改變，甚至徹底毀掉他人生的事件，那種冷靜的態度讓他不太高興；這就像是要降落到某個未知而且無可挽回的地方一樣，而畢庸．漢森不禁開始懷疑史歐慈醫師身為一位開業醫，明知計劃不只愚蠢而且自毀，甚至可以說是病態，卻還熱心支持，一定是有心要讓他「失足」。唯有如此，他們才能扯平，因為他們將為了秘密而各自懷抱痛苦。即使如此，他對這個計劃仍日漸著迷，對執行的可能性也很嚮往，心裡反覆地想：「我要實行。我要實行，上帝助我！讓這件事最終無人能攔阻。這件事當然很瘋狂，讓人發瘋地想實行，這算是精神失常吧！」後來，當他了解到自己認真地考慮實行整個計劃，彷彿絕望地把整個人生賭上，他又旁若無人地大聲驚呼，「不，不，這不是真的！這絕不是我！」

就在那時，他收到一封兒子寄來的信。信到的時候是五月底，完全意料之外的一封信。從兒子十四歲起他們就沒有再見過面，那時彼德跟他母親、繼父一起住在納爾維克（Narvik），那年夏天之後，他不再像往年一樣來看他，年輕人有讓他們更覺得起勁的活動，時間衝突就不來了。但是他們也不是完全沒有聯絡，一年中總會在耶誕節或者家人生日時通通電話，彼德只要有什麼特別值得高興的事想告訴他，像是在學校裡得到特別好的成績，球隊或者是自己在運動場上有優異表現時，就會打電話來跟他說。不過畢庸還是

第一回收到他寄來的信。

彼德・寇爾皮・漢森這時已經二十歲了，正在軍隊服役，預定幾個星期後退伍，約莫在六月初。信是從軍營裡寄來的，信封背面自己的名字前還填上了兵籍號碼、所屬部隊和營連番號。信上寫說接下來的秋季他會去讀孔斯貝格工程學院，那邊有個光學課程錄取了他。他在想能不能第一個學期先住在他爸爸這邊，或者至少在找到租金合適的住處前先跟爸爸住一陣子。

畢庸・漢森被這封信打動，馬上在書桌前坐下寫回信。彼德當然可以來跟他住，沒有什麼比這個更讓他更開心。這邊有足夠的空間，所以他不用另外再去找住處，除非他想搬離這邊住到什麼別的地方去；如果是那樣也沒問題，他知道很多年輕人都想搬出去自己住。

寫了這些之後——因為他覺得內容有點少——他又加上了幾行，描述他作為孔斯貝格鎮財政處長的日常生活。他解釋了一下不景氣如何導致他的工作量加重，先前景氣好的時候人們用支超過收入，一旦情況逆轉，有些頭寸就會調不過來，以致破產的件數急遽增加，這樣的情況當然很讓人遺憾，不過他也愛莫能助。儘管如此，請不要認為我簽字讓某些人因為付不出錢房子被查扣而無家可歸，這對我來說有什麼愉快。實話跟你說，這讓我很難受；但是我沒有表現出來，因為不管怎麼樣，我的感受也幫不上這些人。

他又多寫了幾句，大意是期待彼德到孔斯貝格與他相見，然後在信末簽上「你的父親」的字樣，折進信封。他在這層公寓裡環顧四周，空間足夠再多住一個人。總共四個房間，一間大的起居室目前當作客廳和餐廳，從那推開一扇寬闊的門就可以到達舒適的陽台，欣賞夕陽餘暉。廚房裡所有現代設施一應俱全，只差沒有微波爐，反正微波爐只適合用來加熱垃圾食品。此外還有兩間大臥室，其中一間裝修成書房，他正在裡頭寫信給他兒子。為了保持公寓清潔，他雇用了一個年輕女孩，應該再一兩年就高中畢業了。她是財稅處同事約翰生太太的女兒，名叫瑪璃安。嚴格來說，他自己就可以把公寓整理得井井有條。不過約翰生太太在他面前抱怨現在的年輕人壓力大，他們需要買這個又要買那個，昂貴的體育用品及各種品牌服飾，所以大部分人課業之餘還得去打工，唯獨她這個女兒瑪璃安沒去打工，跟周遭同學格格不入，經她這麼一說，身為上司的畢庸・漢森就建議她女兒來替他清掃公寓，賺點零用錢。

所以瑪璃安課餘就來幫他打掃。他給了她一副鑰匙方便自由進出。他不管她什麼時間來，總之一星期來一次，把他付錢請她做的工作做好。有時候他下午回到公寓，她還在裡面工作。她會站在水桶邊稍微彎著腰。散發一種綠色香皂的味道。穿著一條緊身牛仔褲。他走進客廳，看到她站在那彎著腰擰她的抹布。因為正專注於工作，她背後呈現一團渾圓的少女屁股，沒有受到他走進來看著她的影響。「嘿！」她只是發聲打個招呼，連頭都不抬起來看。畢庸・漢森對年輕人這樣滿不在乎、沒有戒心的態度，下意識露出微笑（應該說是苦笑？），不管他怎麼盯著看，她們都滿不在乎吧。他很快就把視線移開。一開始她非常盡責，做得非常徹底，因此一回下來要花她不少時間。但是沒幾次後，她開始變得草草了事。有一天他還開口抱怨。他指著角落，那裡積了一些灰塵，沒有徹底清洗，沙發底下也沒有整理。說得她不禁臉紅。她的臉越來越紅，顏色甚至從兩頰擴延到耳垂。畢庸．漢森從沒看過這樣的景象，一時之間手足無措。同時也擔心她會不會告訴她母親，要是真的說了，那他還真不知道該怎麼處理。於是說他沒有要挑她毛病的意思，是真的覺得整個地板都得擦洗過，才算是整理乾淨——所以請她不要介意，他會來幫她搬沙發。他們兩個一起搬，但是她耳根上通紅的血色還是一直沒有褪去。總之他不認為她回家後會說起這件事；最起碼，約翰生太太在辦公室裡完全沒有異狀。

畢庸在這公寓裡已經獨居四年了，也該稍微作點變化了。首先，書房要改成他兒子的房間。這表示那些書都得搬到客廳，他得在那邊找一個地方讀書。但一部分的書架還是會保留在房間裡，讓彼德擺放書籍。此外，他還得買張新床，或者買一張沙發床更合適，不睡覺的時候還可以當作起居室，他兒子可以在那邊招待客人。不，那樣可能會引起誤會。他兒子要招待客人當然還是應該使用大間的起居室，到時他就回到臥室，那邊可以佈置一個方便讀書的角落，旁邊裝上小型書架，沒錯，應該要這樣規劃才對。不過他兒子還是應該要有一張沙發床——畢竟，就算他有了沙發床還是可以用客廳招待朋友，完全沒問題呀，普通的床會讓那個房間太像臥室。然後，不管怎麼說還是得考慮買一台微波爐，即使只是方便課業繁重的年輕學生有時想快速吃點什麼東西，有一台微波爐也許不錯，他心裡想。

他就這樣在公寓裡走動，計劃著兒子搬來住所要做的變動。他頗感興奮，這會使整個生活變得完全不一樣。他真的有個兒子即將搬來一起住。他喜出望外，同時明白他應該要珍惜這點福分。為此他把書房裡他非常寶貝的書架都拆了，只留下一個，他認為用來放彼德的書應該剛好，再把拆下來的書架都裝到客廳去。他也在臥室裡訂做了讀書用的小桌，牆上擺個書櫃、桌前弄張好坐的椅子。兒子的房間現在全堆滿了書，一排一排放在地上。等著被一一上架，放到客廳和他自己的臥室裡。他到鎮上到處走走逛逛，想找一張好的沙發床，還有一台微波爐。一回到家，他就把書都擺到書架上。幾天內沙發床就會送來。畢庸・漢森在公寓裡走來走去，想著他有沒有忘掉什麼，某種年輕學生臥室裡一定得有的東西，這個臥室同時也可以充當書房。「終於有一件可以期待的事！」他感嘆地說，「對啊，我必須得這麼說！我完全沒想到會發生這樣的事。他居然要過來住，就算只住幾個星期。他想成為一位驗光師，真是太棒了！而且他已經被錄取了！我的整個生活都被翻轉了！」

他跟他兒子將會重新團聚。當初是彼德跟他斷了聯絡，現在也是他採取主動來重續父子情。畢庸心裡知道這得來不易。從他最後一次看到彼德到現在已經六年了，那時候他這個兒子還是個小孩，如今已經是個大人了。他甚至不知道他現在長什麼樣子。也許他十四歲時並沒有想和父親斷絕聯絡，雖然每年夏天他都找藉口不來看他父親。也許他當時是希望父親擺低姿態求他過來，只不過畢庸沒有那麼做，因為當年他在兒子兩歲時拋棄他，也離開他母親，不能常往來是畢庸必須付出的部分代價。那就是為什麼當他兒子滿十四歲、告訴他父親暑假有別的事沒辦法來看他時，他也只好接受，想開一點。結果這個情形一再重複，他兒子滿十五歲、十六歲、十七歲、十八歲時都是如此，每逢彼德應該要來看他的時刻接近，畢庸就明白他對兩人見面越來越沒把握，也越害怕。他在和別人談到兒子要來看他的口氣裡察覺自己的心情。譬如說跟貝莉特和赫爾曼．布斯克。他談起彼德時完全就像個普通的父親。有那麼幾次他還說，家裡有個年輕人會很不容易。接著他表達一個做父親的顧慮，擔心他兒子去研習光學到底算不算是門「夠好」的技能。這有點像他正在練習扮演一個他十八年來都沒有考慮要扮演的角色，現在他試圖讓大家相信，這個角色原來就是為他量身訂做的。但是他在十八歲的瑪璃安面前露出了馬腳，她正好來打掃，因為公寓裡有了改變，他跟她說他等著兒子秋天時搬過來。她突然變得很感興趣，很自然地馬上問他有沒有兒子的照片。可是他居然沒有！他手上最近的照片是彼德剛滿十一歲的那年夏天所拍的。瑪璃安看著他，嘴巴張開。之後畢庸．漢森有點困擾地發現，她會想辦法隱藏她對這個似乎並不關心兒子的五十歲男人的真實觀感。女孩很顯然覺得她有正當的理由對他道德譴責，雖然她試圖裝作沒事，但譴責的意圖並未稍減，正如她一開始表現出的瞠目結舌，她不敢大剌剌地表現出對他的看法。畢竟，他是那個付她零用錢的人，更何況，他比較年長、有相當的社會地位，還是她媽媽的上司。

事實上，他之前從不覺得手邊需要有彼德成長各階段的照片。如果他有個幾張，那也不錯，但是就算一張也沒有，他也不覺得少了什麼。他兒子十八歲生日時看起來是什麼樣子，他沒有巨大的動力想要知道，無論是他收到錄取證書那天，或者是他離開家去服兵役的那天都一樣。他有一個兒子，這對他來說就夠了，他不覺得有需要去為他的模樣傷腦筋。他看不出有什麼原因要跟兒子維持家庭成員間的那種關係，因為他們現在並不屬於同一個家庭，以前雖然曾經是，但是為時短暫。不過彼德怎麼說也是他兒子。有個兒子他頗感自豪，但是他覺得沒必要留著兒子照片，讓他能夠盯著看。而且他也不願意因為這點小事，讓一個十八歲的女孩眼睛睜得大大地看著他，彷彿他是某種怪物。

過去這幾年來，他常常想到跟兒子有關的事。雖然並不是朝思暮想，也不曾睡不著躺在床上，想知道他最近過得怎麼樣。他心裡假定，就算沒有他，彼德也會過自己的生活，從一個小孩成長為一個男人，不用他陪伴在旁扮演矯正器的角色。他喜歡想像兒子在納爾維克到處奔跑，然後就長大了。之前彼德夏天還會來看他時，他會期待，也會花個兩個星期陪他，那樣的日子確實有很多值得回味的片段；但是等到那兩個星期進入尾聲，他開車載他去福尼布（Fornebu）搭飛機回納爾維克的家時，心裡卻只剩下感傷，雖然還不至於悲哀。千真萬確。說實話，等那一切結束，他竟如釋重負，感覺今年一切都進行得還不錯，如今他可以繼續每天的例行生活。但不可否認，當年就是靠著每年這十四天的暑假，打從彼德還是個小男孩開始，他和兒子才能有直接的接觸往來。他心裡很明白，彼德如今已經是個年輕男人，跟少年時期的小彼德差別非常大，如果在他面前再提起以前的事，可能會讓這個年輕人覺得尷尬。畢庸．漢森保留起來的不是彼德，而是他跟彼德的共同回憶，這是擺在眼前的事實。例如，有一次一條巨大的野狗擋在他們兩人面前，小男孩的手看到狗不由得抽搐起來，當時他正握著彼德的手。小男孩馬上打住不前，緊抓著他爸爸的手把他往回拉。小男孩面對一條大野狗的恐懼，加上他心裡明白他必須學著去控制這種恐懼，或者至少不要因為恐懼而失態，要表現得像他父親一樣，開口說不會危險，沒事的！畢庸覺得所幸這一拉對他內心沒有產生任何影響。對啊，畢庸．漢森心裡想，幸虧當時如此。但是這些過去在他面對這個眼看就要來孔斯貝格攻讀光學課程，至少要跟他住上一段時間的年輕陌生人能派上什麼用場呢？這個二十歲的年輕人有著一張他還沒有看過的臉，要不了多久就會突然現身。在這裡。來跟他老爸一起住。

就這樣，八月底的某天早上他就站在那裡，在孔斯貝格火車站裡，等著火車，等著他那個樣貌陌生的兒子。班車時間還沒有到，他就在月台上等著。忽然間他看到了史歐慈醫師，他也正在等火車，在等一些醫院的藥品送到。畢庸．漢森覺得有點奇怪，史歐慈醫師居然自己到車站提領藥品，心想或許他是想出門呼吸一點新鮮空氣。畢庸．漢森說自己是來等兒子，兒子正要來孔斯貝格工程學院研讀光學課程。「你兒子？我都不知道你有個兒子。多好。」醫師說，畢庸．漢森不禁懷疑他話裡是不是帶有一點諷刺的痕跡。但是他沒有時間再想這個，因為從奧斯陸開來的火車已經在蜿蜒而來的鐵道上了。長長的列車慢慢滑進車站，停了下來。這是南國特快車，在孔斯貝格稍微停留後再往內陸開，會一路經過泰勒馬克，最後會抵達挪威海岸最南端的克里斯蒂安桑。畢庸．漢森伸長了脖子，這時乘客紛紛下車，從等著要上車的人群中擠出路來。畢庸．漢森驚訝地發現今天從南國特快車上下來的乘客大部分是年輕人，尤其是年輕男人。他們都拎著行李。顯然是因為新的學年正要展開。來到孔斯貝格的學生要嘛就是剛過了一個充實的假期，要嘛就是第一次來報到。但是對畢庸．漢森來說，這是一個他沒有料到的難題，在這一大堆年輕男人當中要怎麼找出他兒子呢！他看著他們走下月台朝他而來，突然害怕自己會不會不小心接錯人。接錯兒子。當著史歐慈醫師的面。那就真的糗大了，就像俗語所說的，彷彿晴天霹靂刻意擊中他。「他來了，」他聽到史歐慈醫師說，「長得跟你簡直一模一樣。」

正是彼德。在那一排正朝著他和史歐慈醫師走過來的年輕男人當中，有一個正對他們作勢招呼，拖著兩個大型旅行箱直直朝著畢庸走來。當然嘍！彼德會認得他，經過這幾年他並沒有變太多。他注意到他兒子刻意的腳步，眼睛一直定定看著他，於是他往前走幾步，跟史歐慈醫師隔出一點距離來歡迎他兒子。在他走這幾步路的時候，彼德停了下來，放下行李對他微笑。畢庸．漢森愣了一下。眼前是個年輕一點的自己的翻版。這張臉是多麼的光潔，他心想。我的骨肉。一張這麼光潔的臉。看著真讓人受不了。

畢庸．漢森此時已經走到對方跟前。兩個人現在面對面了。他果斷地伸出手，想跟他兒子握握手。這麼做是因為他害怕彼德現在把行李箱放下，手臂就空出來了，怕他萬一想擁抱父親，這可是畢庸．漢森希望能避免發生的呢。他這個兒子就這麼突然冒出來！如果還擁抱就嫌太親密了。所以他伸出手，彼德握著他的手搖了搖。「歡迎！」這位父親說。「哈囉！」這邊兒子說，面露笑容。

他們彼此看著對方。除了看起來像是年輕版的自己外，彼德．漢森置身於剛剛在孔斯貝格下火車的學生中一點都不特別；如果不是他刻意朝向畢庸．漢森直直走來，而是像其他人從旁邊匆匆走過，畢庸．漢森應該沒辦法認出這就是他要接的兒子。他上身裡面穿T恤，外面是一件合成材質的淺色外套，看起來有點休閑，散發一種無憂無慮的氣息。這件T恤上還印了一些字，好像這年頭大部分的T恤上都要有一些字。彼德身上的字是「歐洲之聲」。夠巧的，畢庸．漢森知道這是一家挪威專攻年輕人流行服飾的布料品牌名稱，他之所以知道是因為他作為財政處長，常常在一些公司的破產後續處理中擔任國家或者是地方政府的委員代表；孔斯貝格也有這種案例，去年就有好幾家流行服飾店宣告破產，所以他才知道歐洲之聲。這家公司在孔斯貝格遞件要求對申請破產的欠款方主張權利，而畢庸．漢森的工作就是確保國家在這其中的應享權益，主要是關切營業加值稅，官方要趕在私人債主取走欠款前先徵繳稅金；從這個角度來看，他事實上是兒子無意地在胸前幫忙廣告的那一家公司的競爭者，這些彼德當然不會知道，畢庸．漢森一邊想著，心裡浮現淺淺的微笑。他仔細打量這個年輕時髦的兒子，下半身套了一條灰色的夏季垮褲，是那種比較鬆軟、有點下垂感的質料，給人一種舒服的印象，就連畢庸．漢森這種對服裝產業完全外行的人都可以辨別。彼德腳上很招搖地穿著一雙厚重誇張的休閒運動鞋。

這位年輕人在畢庸．漢森心裡創造顯著印象。畢竟是他的兒子，彼德的年輕氣息是如此強烈地撼動他，使他幾乎無法呼吸。青春是何等璀璨耀眼！是等著被摘取的獎項，有著大好人生等著經歷，這所有的一切都妄自尊大地體現在他這個兒子的一身穿戴上。畢庸・漢森當然知道，他兒子這身模樣是一般常見的打扮。這年頭所有年輕人都穿成這副德行。像彼德・漢森這樣的年輕人到處都是，根本不算什麼。他們每一個人都散發著同樣昏昏沉沉的漠不關心、自我耽溺和無所事事。話雖如此，在自己的兒子身上感受到這些還是有點奇怪。他有一個屬於年輕人文化的兒子。而這個兒子帶著他一身的青春氣息，完全跟上了自己那一代的時尚要求。

這位年輕人馬上開始跟他講起長途到此這一路上的點點滴滴。他先搭巴士再換火車，花了超過四十八小時。幾乎穿越了整個挪威。晚上就靠著可以向後躺倒的座椅，感受夜車典型的律動。白天裡一路駛過窗外變換的風景，時而高山時而丘陵，時而湖泊時而村落。但是現在他什麼都不記得了。旅行對他來說顯然不是太舒服的經驗。他說得很大聲，像是在教訓人似的，他爸爸心想。彼德還說先前他受到某種無禮的對待。他沒有講「無禮對待」這個詞，而是使用另一個比較年輕的字眼，他們想「找他麻煩」，一定是那樣。事情發生在這趟旅程的最後一段，從奧斯陸到孔斯貝格的路上。有人佔了他的座位。他的保留座。他父親彎下腰去提行李，然後說，「好，那我們走吧。」他把兩個行李箱提在手上，彼德完全沒有推辭。就整件事來說，他那樣似乎有點奇怪，不過他把這想成兒子認為他只是要把行李提到車上，以為車就停在火車站正前方。但是當他說「我沒有開車來，因為住的地方就在附近」，他兒子並沒有伸手去把其中一個旅行箱接過去，讓他繼續提著——不過，這兩個旅行箱並沒有他想像的那麼重——此時彼德自顧自地繼續講著他先前遭受的無禮對待。好吧，說到哪兒了，他說在奧斯陸搭上火車，進了指定的車廂到劃好的位子旁邊，有位女士已經坐在那裡。為了保險起見，他開口前再檢查一次自己的車票，然後跟她說這個座位已經有人劃了。那位女士說沒有這回事啊。他把自己的車票給她看，她卻握著自己的車票不讓他看。

火車發動後，彼德就只能站在那邊，沒有座位可以坐。女士拒絕換到別的位子；她說保留座後面都有標示。這個座位後面並沒有那樣的標示，可見不是保留座，所以她有資格坐，因為是她先坐上去的。彼德決定不要把正義和仁慈混為一談。他站在那位佔據他座位的女士面前，等列車長來處理。終於，等火車開進杜拉蒙站，列車長來了。彼德把車票遞給他看，指著票上的保留座號。列車長注視了一會兒之後說，沒錯，座號是正確的。卻問他為什麼不去坐其它座位，既然車上還有好幾個空位。彼德驚訝地看著列車長。他沒有聽錯吧？沒錯，他所聽到的就是這個說法。他只要去坐另一個座位就行了。說到底，車上確實還有很多空位。「不過這才是我的座位，我付錢買的就是這個座號！」列車長看著他，一臉不悅。「聽好，沒有必要為了這個小題大做。坐下來，不然你就繼續站著。再半個小時就到站了。要怎麼樣隨你便。」說完就離開了。那位佔了彼德位子的女士輕蔑地把頭一甩。彼德還是照樣站著，就這樣一路站到孔斯貝格。就站在他的位子旁邊。完全都沒有坐下來。期間列車長又經過那個長而狹窄的車廂一次，彼德就站在那裡。列車長加快腳步經過，一句話也沒說。那位女士還對列車長微微一笑，彼德看到那個列車長也對她還以一笑。他還是繼續站著。

是的，他還是繼續站著。直挺挺地杵在哪裡。一身隨意的年輕人打扮，放蕩不羈又自我耽溺，而且還帶著我所有的臉部特徵，畢庸．漢森心想。受到那樣的無禮對待，任由他父親兩手提著兩口沉重的手提箱不幫忙，走回畢庸．漢森公寓所在的那個街區。一路上，彼德沒完沒了地講著他所受到的無禮對待，走到路口大門時，他父親開門讓他進去，然後他們經過了郵箱，他父親順便拿了郵件，接著走到電梯前，按了按鈕等電梯下來，進了電梯，讓電梯把他們送到四樓，走出電梯，一直到畢庸．漢森拿出鑰匙開門，兩人進到玄關，他父親把兩口行李箱放下為止，這個兒子還在講。

畢庸．漢森帶著彼德大致看了一下整層公寓。先是大起居室和面向西方的景觀陽台，他把往陽台的門打開。接著是廚房，然後稍微打開自己臥室的門。讓他兒子仔細檢查一下浴室，最後終於把他為彼德裝修好的房間打開展示。這個兒子一路看著，連連對眼前所見點頭讚賞，當然對最後這個房間，對裡面的沙發床、書架、書桌椅、五斗櫃和衣櫥，以及扶手椅也頗為稱許。他說他完全可以想像自己住在這裡的情況。一整個秋季。沒錯，不需要走出去想辦法找一個附家具的出租房間，這種感覺真不錯。有一個這樣現成的房間真好。不過。

「你這價錢怎麼算？」

「價錢？」

「對啊，每個月。」

這位父親說：「不用。」

這位兒子說：「那就這麼決定。這很適合我住。我們生存的這個世界很嚴酷。」

他講出最後這一句評語用的是他慣常的那種高亢嗓音，語氣平和，沒有特別針對什麼事，儘管帶著一種說教的態度，但是畢庸．漢森了解這就是他兒子表達自己的方法。不過在最後一句評語裡，他似乎加進了一點別的什麼，感覺上有事沒說出來。這種說教並不是為了告訴你什麼，而是對他的父親宣示某種他可以擔保的事，但這到底是指什麼，畢庸．漢森完全沒有頭緒。當他說道：「我們生存的這個世界很嚴酷。」畢庸．漢森再怎麼樣也不該假定彼德也有可能說：「我們生存的這個世界很嚴酷，你知道的嘛。」這兩種說法就像火和水一樣完全不同；而且，這個兒子的表達方式包含了一種隱忍不發的驕傲。

彼德說他要馬上把行李箱的東西整理出來，他走到玄關依序把兩個行李箱放到沙發床上，準備把東西拿出來。雖說有兩個大行李箱，但他兒子把箱子裡的物品拿出來，井井有條地擺好時，畢庸．漢森驚奇地發現，裡面其實沒有多少東西。那也就是說，他沒有多少私人物品。其中一口行李箱除了床用織品外幾乎沒有東西。一條高級大件羽絨被幾乎佔據了所有的空間。另外一口旅行箱裡裝的大部分都是衣物。這兒子把它們分門別類，好好地放進衣櫥和五斗櫃的抽屜裡，內衣褲，薄襪子，厚襪子，手帕，領帶，普通手套和露指手套各自放進不同的抽屜裡，襯衫有顏色的和白色的，分別放進衣櫥左邊各自的抽屜，T恤放進第三個抽屜，針織套衫放第四個；褲子和運動衫掛在衣櫥右邊。他徵求同意把外出的衣物掛到玄關的衣櫥裡，接著馬上就掛過去，同時把鞋子也放到那裡，包括兩雙跑步鞋和他腳上穿的這雙，他在衣櫥右手邊櫃子的下方找到一個放置地。還有一個很大的盥洗包，他希望這東西能被允許一直擺在浴室裡。浴室的架子上幾乎沒有空間再塞進這個盥洗包，對現代人來說，這個架子太狹窄了。

按照畢庸．漢森的觀察，私人物品似乎只有三樣是他兒子真正在意的，這讓他這個做爸爸的吃驚。第一樣，彼德拿出一件從家鄉納爾維克帶來的紀念品，是個看起來不貴的東西，有個仿銀材質的基座，上面立著一根同樣仿銀材質的細杆子，杆子上掛著納爾維克市的旗幟。彼德花了很多時間只為找適當的地方放這個東西，在來來回回換了很多地方之後，他決定放在書架上最顯眼的位置。然後他從行李箱裡的衣物中拿出一個啤酒玻璃杯（彼德拿出這兩樣東西是在把衣服拿出來整理前、在處理羽絨被和其他的床用織品之後）。這個啤酒杯形狀很特別，看起來像一隻靴子的完美複製品，唯獨材質是玻璃。「容量是兩公升，」這個兒子解釋說，他老爸一聽就懂，既然他走遍大半個挪威，千里迢迢搭巴士和火車把這個啤酒杯（他注意到杯子上有一些字上面顯示是屬於他兒子服兵役的那個村落裡一家餐廳所有）帶過來，肯定有某種事關個人的紀念價值。雖然彼德沒有透露是怎麼回事，畢庸．漢森推斷這只有兩種可能性。要嘛是彼德在某家當地酒館一晚上的熱鬧後，趁著當兵的夥伴們大肆慶祝之際，把它偷偷夾帶了出來。或者彼德出乎所有人意料，把兩公升杯的啤酒一口氣喝掉，或者喝得比其他人都快，所以贏得了這個啤酒靴作為獎杯。不管是酒館或是當兵的朋友，總之他們就給他留作紀念。畢庸．漢森不想直接問他，而是試圖表現得對這個杯子很有興趣，希望從他口中套出原因來。彼德見他有興趣頗為高興，他看得出來，但是講了半天，他兒子似乎對這個兩公升的啤酒靴究竟如何成為彼德・漢森的神秘隨身物，還是打定主意不想讓人知道。經過了這番對話，當他試著幫這個杯子找一個最合適的地方放置時，就顯得非常不可一世。又經過一番周折，杯子最後還是落腳在書架最上層、納爾維克那面市旗旁。

兩口行李箱終於都清空了，彼德亮出第三件也是最後一件私人物品，用來裝飾他作為孔斯貝格工程學院的新生將要居住的這個房間。他拿出一根管子，從上面展開一張海報。示意要把它掛在沙發床上方的牆面。把海報釘牢之後——多虧了畢庸・漢森趕快跑去廚房抽屜裡找來圖釘——彼德向後退兩步，欣賞起這張海報。是的，他還真的就欣賞起這張海報。畢庸・漢森也湊過來看個仔細。

這是一張紅色跑車的巨幅海報。義大利設計。法拉利。在車子旁邊，一個戴著太陽眼鏡男人倚著車門，伸出手自信地摩挲著車子底盤。車主。一身勁裝打扮。這輛被拍攝的車子是完全打開的，也就是說，頂棚被拉開。背景稍微有點暈開來，幾乎就像沙漠，一片沙地，突顯了這輛車的顏色，非常耀眼。這個圖像散發全然的商業氣息，展現出這輛車的立體和漂亮的外型。車旁這個男人所呈現出來的氣息完全看不出半點反諷意味，這在現在的廣告當中挺少見的，就如整個圖像也是完全不帶反諷。所強調的只有這輛車的豪華昂貴，以及由此而散發的這個得以依靠在車旁的男人那種權勢。沒有別的。這個反諷絕跡的景象突顯了一件事，在現在的氛圍裡，富人們已不再需要故作平實，或者扮迷人的鬼臉表達歉意。人們接受不假修飾的財富之美。既是炫麗奪目，同時也平凡陳腐。但有一個問題：為什麼他兒子要把這張海報帶過來，並在現在掛上去？

然而，這位父親並沒有問他任何問題，彼德也沒有解釋，也許他認為這不說自明。他只是看了看手錶。他本來打算今天去看看工程學院的校園，把相關的情況打探清楚，這是他先前說的。去校園裡逛一逛，不管怎麼樣先去光學系辦走一回，讓系裡的人知道他已經抵達，並確認他之前申請和被指定的課程。他父親問今晚父子倆是不是應該一起吃晚飯，在這裡，就在自家公寓，既然這是他搬進來的第一天，但彼德說沒辦法。他有太多事要做，他說他不知道什麼時候才會回來。然後兒子就先離開了。沒有多久，畢庸・漢森也離開，去了辦公室。他在和平常差不多的時間回到家。準備晚餐，吃過飯後把髒碟子放到水槽裡，然後拿一本書坐下來。他很自然地感覺到一種特殊的心境，煩躁不安，對接下來要怎麼處理這人生中的一連串新轉折想得入神。

兒子回來的時間比畢庸・漢森預期的還早。他開門進來時還不到七點半。當時他父親正坐在客廳裡讀書，齊克果的《懼怖的概念》，他再次不由自主地讚嘆這位十九世紀丹麥人的心智，竟然能以真正的熱誠來處理聖經上的傳說——譬如說，亞當和夏娃曾經活在這個世界上。齊克果確實相信這件事，而畢庸・漢森也沒有理由懷疑——齊克果真的有辦法在某些遠山般古老，對畢庸．漢森來說已經死絕的基礎教條上吹口氣，讓它們又活起來。從書中的一頁一頁裡，他感覺到一種什麼東西的存在，一股熱切氤氳上升，盤踞了在二十世紀尾聲某個挪威地方小鎮的無神論收稅官的內心。歷史上一百五十年的黑暗和無法穿透被一道光劃破，直達孔斯貝格的這位稅官——何等新異！雖然這或許不足為奇，因為從歷史的角度來看，他降臨到這個世界，職涯歷經了轉變，從一位中央政府的官員降格為地方公僕，這一連串的事使得他如今能把不曾擔任政府官員、老是挖苦人的齊克果視為秘密盟友。雖然在平日沒有察覺，他的生活已隨著時光移轉變得越來越差，然而這本書無疑地讓他深切感受到齊克果那有如音樂質地的言辭，直接滲入那教條化且（對他來說）無可置疑的種種觀念。他手上的這個版本出版於一九六二年，他第一次讀這本書時還是個年輕學生。書上到處劃滿了線。這些年來，他自己看了常常不禁莞爾，對當初所劃的線感到意外——老天，當初真心覺得這個句子重要到必須要在底下劃一條線嗎？那年他才二十一歲，跟現在的彼德年紀差不多，也有著同樣光潔的臉龐——尤其當年他利用閑暇時間讀此書完全是出於興趣，而不是因為課程需要。他唸的是經濟學，而這整個學門的運作方式完全基於不同的概念和方法。這時門那邊有動靜，彼德回來了，就在《每日新聞提要》播報之前。畢庸．漢森站起身來把電視機打開。兒子走進客廳，兩人一起坐下來收看《每日新聞提要》，感覺就好像他們是某種家庭。他們坐在一起的那種方式，圍繞著電視新聞，正如挪威全國成千上萬的家庭一樣。畢庸．漢森和他已經成年的兒子。他對這個兒子基本上還不太認識，他現在正打扮得一身時髦坐在那裡，興沖沖地準備進入生活的競賽中，踏出第一步，走向即將把他和某種職業連結在一起的道路，接下來他很可能一直待在這個領域，未來大半輩子以此維生——他這個兒子可以說剛踏出最初的步伐，正走向轉變為男人的道路，假以時日他也可能會成為某個家庭的男主人，每天工作八小時，坐在那裡俯身設計用來矯正視力、使其恢復正常功能的輔具；一個男人，也可能是一家之長，穿著一身白色工作袍，俯身在光學儀器和玻璃原片前，精確地朝完美眼睛為目標做出調整。像現在這樣坐著是有點奇怪，和一個幾乎不認識的年輕人坐在一起，呈現一種家庭的休閑氛圍，不過他心裡知道這是他的兒子。

然而，彼德似乎對他生平第一次和父親共同莊嚴參與這項每日家庭儀式顯得無動於衷。他回到公寓時背了一整袋書、紙張、筆記本和資料夾，先拿回房間後又回到客廳，在沙發上坐下來看了一會兒《每日新聞提要》，又回到他房間，再走出來坐到沙發上，把《每日新聞提要》看完。他顯得有點激動，也有一點不耐煩。

等到《每日新聞提要》播完，他父親問他能不能幫忙把電視機關掉。彼德點點頭，沒有問題。安靜地坐了一會兒，這個兒子突然說：「阿爾苟特還沒有來。」畢庸．漢森問阿爾苟特是誰，得到的答案是彼德的朋友，也是對他有很大正面影響的人。提到對他有很大的正面影響時，彼德的語氣直率，讓他父親很吃驚，因為他從未聽過任何人用很大的正面影響來形容自己的朋友。雖然他早就下定決心不要對他兒子表現出干預的姿態，卻還是忍不住追問一連串的問題，他沒辦法抵抗內心的誘惑，得要問這些問題好得知這個阿爾苟特到底是誰，和彼德是什麼關係。

彼德之前在軍隊裡認識了阿爾苟特，他們被分在同一排，服役時也住在同一間寢室，變成了好朋友。就是因為阿爾苟特，彼德才申請孔斯貝格工程學院的光學課程。在那之前，彼德從來沒想過要這麼做，他甚至不太知道光學是什麼。當時他對自己應該做什麼完全沒有想法，雖然也在考慮幾種不同的職業。他考慮過唸電腦科學，還有大眾媒體傳播，兩者都可能。事實上，他之前讀了一個電腦科學的函授課程；因為在軍隊裡有許多不錯的函授課程可以選擇，他當時報名了電腦科學，就跟很多人一樣。但是阿爾苟特說：「電腦科學？一窩蜂跑去唸電腦科學的人過剩了。過幾年，我們就會看到一大堆三十幾歲的電腦諮詢顧問、電腦工程師和程式設計師，在職訓中心大排長龍找工作。所以算了吧！」阿爾苟特打算研讀光學。那並不意外，因為阿爾荷特的姓氏是布羅姆，而「阿爾荷特·布羅姆」就是奧斯陸一家光學公司的名字，他們在首都開了好幾家店，也計劃要在挪威其他城市展店。理所當然，阿爾荷特·布羅姆要去修習光學，他是那個領域確切的大企業繼承人。但是他說動了彼德也修習光學。他談起這個職業的口氣讓彼德也產生了興趣。因為往前看會有很好的未來。這個職業並不是只有那些爸爸在家鄉開了眼鏡行的人才能從事，完全不是這樣；未來幾年，對具有光學工程專業的人才會有巨大的需求。阿爾荷特當時原話就是這麼說的。光學是工程領域中的一項專長。總之呢，他就這樣說服了彼德去選讀一兩科可以被視為光學研究入門的函授課程。大致來說是要去搞光學。在他們兩個服役的一開始就確定了這個方向。阿爾荷特也選讀了同樣的課程，兩個人就一起用功，只有他們兩個，而且阿爾荷特對這個主題知道不少，一切進行得非常順利。剛過去的那個春天，阿爾荷特先前所申請的孔斯貝格工程學院光學課程錄取了他，秋天就開學，彼德的安排也完全一樣。對他來說，現在的一切都再自然不過，中請念一門幾個月前他完全想沒想過要以此維生的技能。對這種事，你也許會說是機緣巧合，但是光學還真是一個聰明的選擇。要不了多久情況就變得明顯。選擇在一個未來有巨大潛力的小領域裡獲取學位，而不只是人云亦云地盲目投入，這比一窩蜂地投身人們都在討論的學門要明智得多。那些最早看到一件事的潛力，而且有足夠的勇氣傾其所有賭上去的人，永遠才會在事情變成熱門時享受成果。彼德一點都不懷疑光學未來會變得很熱門。雖然沒有明說，他父親了解到彼德選擇研習領域是把他和阿爾荀特．布羅姆之間建立起來的友誼考慮在內。他不只是在一個科目變得極端熱門前選擇投身於其中，而且到時候他身為有完整歷練的光學技師，可以帶領著一批又一批比他資淺的光學技師，受益於他和阿爾荀特的交情。如果事情如他所料，屆時阿爾荀特．布羅姆的光學門市數將會超過他能管理的規模。因此彼德常常抱著一個想法，過不了幾年他就會管理一家開在奧斯陸的巨型光學門市，或者會被派到譬如克里斯蒂安桑或者斯塔萬格，掌管某家掛著阿爾荀特．布羅姆招牌的光學門市。這樣的發展意味著阿爾茍特會變成他的老闆，但他並不以為意，因為阿爾茍特是他的朋友。他們服兵役時不管好壞都膩在一起，在營區裡或者放假去城裡都是。他們在城裡的經歷全部寫出來可以構成一整本小說，兒子一邊說一邊笑。尤其是關於他們怎麼偷溜進營區不被發現，或是過了收假時間還待在營區外的經過，如果由一位真正的作者好好寫下來，任何人讀了肯定都會大笑。到了退伍前，兩人都覺得有點難過。不過只要等到秋天，他們就要一起在同一個地方上學。夏天時，阿爾茍特跟他聯絡，兩個人說好今天要在孔斯貝格碰面。他們並沒有講好確切的地點和時間；這個小鎮並不大，所以他們認為不管怎麼樣都會碰到對方，阿爾茍特當時這麼講。但是彼德找了半天卻沒有看到他。工程學院裡沒有看到，街上也沒有。一路上有很多家酒吧和餐廳，他都稍作停留尋找，也都沒找到。他感覺整個小鎮到處是學生，起碼有上千人充斥在街上和酒吧裡，但都沒有阿爾茍特。他找了一整天。甚至早上在奧斯陸的中央車站裡，如果阿爾茍特也搭上這班火車的話，雖然他覺得不太可能，阿爾苟特當然是開著車來。不過還是有點奇怪，畢竟明天就要開學。「那他應該在最後關頭才會現身，」他父親說，「很多人都會像這樣。」「但是我們約好了呀。」彼德說，還是覺得不對勁。「也許他改變了主意，」他父親說，「或許他覺得先在家族事業裡實習一年會有幫助。你想過這個可能性嗎？」「但是他的名字有在新生名單上啊，」彼德斬釘截鐵地說，「我問學校他是不是已經到了，他們查了他的名字跟我說，是的，他已經報到了。所以他會來讀呀。」

現在畢庸．漢森的屋子裡住進了自己的兒子。兒子來到這裡，就在他這個地方住了下來，把帶來的東西拿出來擺在房間裡。他先前出去看看學校的狀況，只要他完成這段教育歷程的要求與義務，這個學歷就會變成他進到成人世界的入場券，在這樣的基石上，構築起我們喜歡稱之為生活的日常現實。在這個生活的門檻上，開始他的第一天。可是那個給他指引人生方向的良師益友阿爾苟特卻沒有出現。雖然說他們之前已經約好了。當一個二十歲的年輕人告訴他的父親他生活在一個嚴酷的世界裡，那到底是什麼意思呢？當他慎重其事地把一張紅色跑車的海報當作名畫一樣掛起來，又是什麼意思呢？這是孔斯貝格的晚上。入夜的財政處長客廳。八月的一個晚上。天色昏暗，氣候溫和，通往陽台的門微微開著，房間裡可以感覺到涼涼的微風，不過就只有一點點。所以，彼德決定來研讀光學是因為他有個朋友想這麼做，這位父親心想。不然他根本不會這麼做。也好，生活中充滿了偶然，這也是理所當然，而我們的選擇，不只是要讀什麼學校、什麼學科，都可能出於一些奇怪的理由。只不過這回是朋友幫他做了選擇。事情就是這樣。並不是這樣有多糟糕，不過我有點擔心他，畢庸．漢森心想，特別是因為——想到這裡他突然打住，因為他忽然想到他兒子講話的聲音未免太大了點，讓他覺得有點不高興，一路聽下來也覺得很不舒服，發自內心地感到這樣不太好，也有一點可怕。

彼德走到外面陽台去透口新鮮空氣。畢庸．漢森跟著走去，站在他兒子旁邊。輕鬆自在的八月天晚間，夜色昏暗。天空很黑。暮氣濃重。這片濃黑來自環繞孔斯貝格的陡峭高山。在一座一座叢山中間，小城被散開來的昏暗光線照亮著。一直照到這裡，就在他們住的這棟大樓之外。從店鋪櫥窗和街燈照出來的黯淡光線。從他們底下的服務站稍微向左，那一大片了無生趣的柏油路面上，照出一道昏暗的光。同樣的黃光從「金獅飯店」一面孤零零的窗戶透出來，五樓。火車站的月台上沒有任何火車停靠，也被黯淡的燈光照亮，還有火車站外排班的計程車頂上路燈所透出的微光。城裡幾乎一點聲音也沒有，不管是上城或下城，只聽到一種規律的嗡嗡聲來自遠方。從這個陽台可以看到的區域最外圍，兩邊都傳來這種聲音。左邊是開往奧斯陸主要道路的汽車，右邊是開往蓋羅（Geilo）和卑爾根的汽車。這兩條主要道路環繞孔斯貝格，還有第三條主要道路，是先到諾托登（Notodden），然後經由豪克里雪山（Haukelifjell）到西部鄉間（West Country）的幹道，不過站在陽台上的這兩個男人沒有辦法看到那條公路，也沒有辦法聽到。可以看到、聽到的這兩條主要道路，至少從這段有限的距離看來被照得很明亮，遠比城市裡的街燈要亮得多。街燈昏暗的光亮被公路兩旁耀眼的強照泛光燈補足，沿路的汽車帶著移動中的小小黃色燈光和規律的嗡嗡聲疾駛而過。從正對著他們的下方城區，和他們所在的中央區，幾乎聽不到什麼聲音。偶爾會傳來一扇車門被猛力關上的聲音，繼而引擎被啟動，轟轟地轉起來。一陣突然的笑聲嘎然而止。一輛汽車沿著街道慢慢駛過，在兩個街區之外，快要開到街角時忽然一道閃光，從陽台上這個有利的位置可以清楚地看到。然後就在底下，柏油路上傳來腳步聲。還有拉潤，他們右手邊那個小河灣，就在通往蓋羅和卑爾根那條照得亮晃晃的主要道路前，沒有發出什麼聲音，從陽台這邊看過去，就像一個黑色的洞。「你看！」彼德用手去指，指向火車站另外一邊的一面霓虹燈招牌，招牌上寫著這裡就是城市超市的所在地。彼德感興趣的不是超級市場，而是那塊招牌。紅色的霓虹燈招牌。城市。「我們在城市裡。」他說，像是被這句話給迷住了，不過聲音裡還是殘存著說教意味。在這座城市當中。「你看！」他手又指著。這次指向另一塊明亮的招牌，字的部分一樣是紅色的霓虹燈，高掛在電視天線塔頂端，跟他們所站的這個陽台差不多高。豐田的字樣閃閃反光。「壯觀！」彼德說，「這個很強。我覺得我在這裡會過得很開心，熱血能夠沸騰，」他煞有介事地說，「然後明天阿爾苟特就會來了。」

他突然從眼前這片孔斯貝格的夜景中抽身，回到客廳。這位父親心想，他兒子看了剛剛的霓虹燈光，接下來應該會想投身迪斯可的世界，這種舞廳在孔斯貝格跟在挪威其它地方一樣，多數隱身於地下室，強烈節奏感的音樂和高速閃動的燈光，製造出一種屬於年輕人的熱情氛圍，然而因為是在地下，在嚴格警衛的層層門後，就跟許多其它大樓的地下室一樣，位在大飯店的最底層，震耳欲聾的音樂聲完全不會漏出來，他們站在孔斯貝格城中央現代街區的四樓陽台上，什麼都聽不到，不過那樣的音樂聲事實上是存在的，而畢庸·漢森認為此時此刻，彼德就是受到這種五光十色所吸引。完全不是這麼回事，他兒子想上床睡覺了。明天還得早起，今天晚上他只想好好睡一覺。這個城市和它喧囂的節奏還得再等一等，到時候他和阿爾苟特會一起去親身體會。兒子走進浴室，去做就寢前的準備。或者如同他父親所想的，「去上就寢前的廁所」，他注意到彼德帶到廁所的那個盥洗包居然那麼巨大。那麼大的一個袋子到底都裝些什麼？他決定不管怎麼樣，無論對他兒子多麼好奇，他都不會去看袋子裡有什麼。他告訴自己，那裡面裝著他不希望自己被牽扯進去的秘密。但是他兒子並沒有在這件事上故作神秘，不想讓他看的話，他只要把袋子留在房間裡就行了，但他卻把袋子放在浴室的玻璃架上。他在浴室裡待了很久，出來時袋子還放在裡面。他穿著一件浴袍，靜靜地緩步走回房間，在房門快要關上前簡單道了一聲晚安。挺有教養的，畢庸・漢森心想，我兒子是個有教養的現代年輕人。這下子可好了，不管怎麼說，他現在住在這裡了。在我的生活中變成我的客人了，他心想。

阿爾苟特並沒有來。畢庸・漢森看著他這個年輕的兒子去參加第一天的說明，滿懷興奮，帶點緊張地用袋子裝著新買的課本、圓珠筆、拍紙簿、活頁筆記簿。走在他人生的門檻上，準備去吸收知識。穿著正面印著ＢＩＫＢＯＫ字樣的全新Ｔ恤。他晚上回來時完全累癱了，不過他試圖不讓他爸爸看出來。畢庸・漢森一眼就看出來了。他兒子進屋時，全速朝自己的房間走，但是又基於責任感，停下來跟他父親說幾句話，他父親知道這是他上大學的第一天。「我們有四十個人，」他說，「在班上。經過仔細篩選之後，」他補上一句，「同學來自所有的北歐國家，甚至有一個是從冰島來。教員中有一位英格蘭來的教授，他不住在本地，每星期飛過來教我們一次。到時候位於特隆德罕的ＮＩＴ還會從他們的『照明工程實驗室』派一位專家過來。我必須說整個安排非常有專業水準。」他說得相當得體，但也很籠統，對著他父親隔了一點距離拋下話，臉則有一點轉到別的方向。然後說他需要用功一下，就匆匆走進房間，在裡面待了好幾個小時。當晚夜深之後，他穿著睡袍走出來，進到浴室。他在裡面待了很長的一段時間，然後靜靜地拖著腳步回到房間。「阿爾苟特還沒有來，」他開門時這麼說，「也許明天就會出現。」他又補了一句。

隔天他還是沒來。彼德下午早早就回到家，那時他父親正在吃晚餐；他問彼德要不要跟他一起用餐，彼德搖搖頭。他不餓。然後有點忿忿不平。「阿爾苟特不會來了，」他說，「而大學當局根本就不在乎，他們就讓他的位子空著。因為他們沒有收到任何來自他的消息。」「如果是這樣，他還是有可能會來，你不這麼想嗎？」畢庸．漢森說，「他只不過是晚了幾天。」「不是那樣，」彼德說，「因為阿爾苟特人在倫敦，我已經發現了。」

他說出最後幾個字時臉上露出得意的表情，畢庸．漢森覺得這種表情不太適合他兒子。彼德已經把整件事搞清楚，大學當局解不開的謎團，由少年神探漢森一肩扛起破了案。當彼德走進教室去上第一堂課，他佔好位置後就把眼前的景象仔細打量一遍。他當時期待著看到阿爾苟特，出現在教室裡對他眨眼睛，或者用某種別的方式忽然現身：「好啦，這下我來了，開學的第二天！不算太差吧，對不對？」但是阿爾苟特並不在教室裡。彼德環顧室內，不出聲地數著到場人數，包括他自己。三十九人，應該要有四十個。接著他坐下來上完第一堂課，科目是生理學，雖然他當時覺得自己很難集中精神。好不容易等到下課，他就趕快跑去辦公室。他們昨天跟他講過話，還認得他。他再問他們一次，是不是真的沒收到阿爾苟特・布羅姆的消息。他們無奈地回答還沒有收到。「但是他還沒有來報到！」彼德衝口而出。「對啊，沒來報到，不過我們還沒收到任何訊息。」「確定沒有嗎？」彼德問，「你們能不能再仔細查對一遍？」他說。但是辦公室裡的女孩拒絕他的要求。彼德被激得不太高興，所幸他控制了自己的脾氣，迅速掉頭閃人。他並不是去上下一堂課，課當時已經開始了，他是去電信服務處。在那裡，他打開一本奧斯陸的電話簿，找到了B字頭的部分，在一頁一頁間搜索了起來（以他憤怒激動的手指頭，他父親這麼想），直到他發現阿爾苟特・布羅姆的私人地址，彼德假定那是他父母的住處。他走進一座電話亭，按下那串號碼。沒有人接。接著他又查出阿爾荀特・布羅姆公司總店的號碼，走進電話亭打再一次。他要求跟經理通話。那位經理當時有別的事正忙著，接電話的是另一個男人，問他有什麼事。「是有關小阿爾荀特・布羅姆，」彼德說，「我是他的一個好朋友。你知道我怎麼做才能聯絡到他嗎？你知道他現在人在哪裡嗎？」「小老闆？」那個聲音說，「小老闆前天到倫敦去了。」「他什麼時候會回來？」「到時候會回來過耶誕節，」那個聲音回答，「據我所知，他耶誕節放假的時候才會回來。」「喔，對啊，」彼德說，「所以他最後選擇到倫敦去攻讀驗光學。」「正是如此，」那個聲音說，「唯有最好才算夠好，你懂的。」彼德把話筒放下。

他後悔電話掛得太快，他應該要問出阿爾荀特的地址和電話號碼。但是當時他腦子有點糊塗了。既然已經跟對方說自己是阿爾荀特的朋友，事實上他確實是，他不想顯得自己不知道阿爾荀特跑到倫敦去學驗光。他之前不曾跟彼德談到這個想法。「我們秋天在孔斯貝格碰面。」他當時那麼說的，但是卻食言了，自己到倫敦的城市大學去選讀更有名的驗光課程。彼德立刻回到系辦公室。他並沒有說阿爾苟特人在倫敦，只是再問他們能不能重新查查看小阿爾苟特．布羅姆是不是有留話來說明沒有報到的原因，畢竟這時驗光課程已經開始了。但系辦那位女孩還是不肯。她的上司也不願意，那是一個男的，在彼德反覆提出他的問題時，這個男的就出現了。他堅持他們已經調查過了。他們有沒有可能漏看了什麼東西？阿爾苟特有沒有寫什麼來聲明放棄他的學籍，或許是像那樣的事？要是果真如此，他們這一班就少一個人了。他們不了解這個情況嗎？如果阿爾苟特寫信來聲明他放棄在這項課程的學籍，那另外一個人就可以馬上補缺，對還沒有學籍、正在等待後補的人來說，把這件事弄清楚不是很重要嗎？應該要緊急通知這個人，說如果他願意立刻報到，孔斯貝格的驗光課程現在有了一個空缺。彼德一再不放棄地探詢，但是都沒有效果。他們不肯費事再做調查。最後彼德只好放棄。畢竟他只是一名新生，不希望引來太多的注意被當成是來找麻煩的。但他的忍耐也是有限度的。

彼德用一種鉅細靡遺、煞有介事的態度講述這件事，確定他為了把這些事推上正軌所做的努力，沒有任何單一動作被忽略掉。他憤怒極了。怒火的對象是學校當局，而不是阿爾苟特，他只是很單純地沒有出現。就這麼不見了，因此留下一個空位，而學校竟然不肯他媽的做點事把它補齊。畢庸·漢森聽了覺得很不舒服。他不喜歡彼德所說的故事，他不喜歡這個故事被訴說的方式，而且他不喜歡這個故事透露出他親生兒子的某些面向，和他兒子未來的展望。他特別擔心後者。這麼一來，他兒子要怎麼辦呢？他兒子到孔斯貝格來攻讀驗光的最主要原因已經消失了。現在他發現自己來到孔斯貝格，是基於一個錯誤的前提。

但是彼德照常展開他的學習，彷彿什麼事也沒有發生。從那天起，他一次也沒有再提及阿爾苟特。阿爾苟特在他的意識中成為一個空洞，他現在一心向前看。沒多久，從畢庸·漢森這邊看來，他兒子就是一個專注於把握寶貴人生的年輕人。「他及時把握寶貴的人生。」他不喜歡之前彼德說的故事裡的彼德。雖然他試圖用各種同情的態度來看待自己的兒子，但是他沒有辦法。一些奇怪的公式化表述不時蹦進他的腦海裡，然後就卡在那裡不動。譬如說，「彼德天天都吃我的，他根本用不著客氣。」

他為什麼會這麼想？這樣對待他自己的兒子？「彼德天天都吃我的，他根本用不著客氣。」這種想法的背景如下：畢庸．漢森和兒子一起住在孔斯貝格鎮上核心地帶的一層四房公寓裡。彼德是孔斯貝格工程學院的學生，跟他的父親住在一起，而不是搬出去租個附家具的房屋自己住。畢庸．漢森跟先前一樣繼續過著規律的生活，彼德也有自己的生活。他們只會在早上見到對方，也就那麼一下子，還有晚上彼德到家的時候。彼德在家時大部分待在自己的房間裡，他走到客廳都是為了看電視，每次他都會開口問，可不可以打開電視來看。早餐則不論如何，他們都會一起吃，至少是在同樣的時間吃。如果彼德先起床，用完浴室後他就會去廚房，在麵包砧板上幫自己準備早餐，同時煮咖啡，等他父親走出房間來用早餐時，差不多就煮好了。有時他們會同桌用餐，其他日子裡，兒子就帶著他的厚片麵包和一杯咖啡回到房間，說是要悠閒準備今天的課。如果是做爸爸的先起床，兒子走出房間做早餐時，他就沖咖啡，然後在早餐桌旁坐下來吃，看他兒子是要坐下來吃，或是把早餐帶回自己的房間。他們吃的東西是一起買的，因為畢庸．漢森說如果兩個人各自買各自的麵包，一人一瓶牛奶，甚至用兩把咖啡壺，會有點不太實際，既然他們已經住在同一層公寓裡，使用同樣的冰箱和爐具，對此彼德沒有表示反對。他們晚餐分開來吃，如果要彼德在固定的時間趕回來用餐，實際上也做不到。此外，他當然想盡可能地跟同學在一起，不只一起吃飯——畢竟這樣一來，同學之間才會熟識。所以彼德常常在外用餐，在學校的食堂。但有時候，他晚上回到家可能還沒吃東西，他會從廚房切一塊厚片麵包，這情形越來越頻繁。因此畢庸．漢森開始把晚餐做成雙人份，好讓他兒子回到家有剩菜可以吃。隨著時間過去，彼德每天都會回來吃剩菜，跟其他同學去食堂時，他常常只拿一個麵包捲或是丹麥麵包，或簡單喝杯咖啡。但是每逢星期日，彼德只好自己想辦法，那天畢庸．漢森不是去跟貝莉特和赫爾曼．布斯克一起吃飯，就是在大飯店用餐，彼德則固定煎一塊排骨，他父親回到家時能從房子裡的氣味聞出來。

這就是他們處理飲食的方式。沒有什麼特別或者引人注意的，大致上跟有個當學生的兒子住在一起的父親差不多。會像那樣處理也很自然，畢庸．漢森會買一些煮好的肉、牛奶等，做晚餐會準備雙人份，以備他兒子認真上了一整天的課後，回到家卻還沒吃過晚餐。就好像當父親的會在廚房裡吃早餐，而彼德往往在房間裡吃一樣自然，這樣他可以從容地準備一整天要做的事，而畢庸可以在工作結束後享用他的晚餐，他兒子也一樣可以！所有在在都表示父子之間的關係是好的、自然的。不這樣反而不自然。要是做兒子的明明得溫習昨天的隨堂筆記，以便今天派上用場，卻不由自主地坐下來跟父親用早餐，或者每天五點鐘準時回家晚餐，那才不自然。然而旁人可能會質疑這個兒子是不是對父親不以為然，想知道他是不是有提過父子倆應該分攤家用開銷，包括兒子每天稍後再熱來吃的晚餐。要不了多久，這位父親難免心想，「彼德天天都吃我的，他根本用不著客氣。」是因為內心深處，他對彼德從來不曾開口建議分攤家用而覺得有點不快嗎？不是像這樣，然而畢庸・漢森還是覺得有點不快。是因為彼德把這一切視為理所當然：免費的房間，免費的膳食，免費使用這一層公寓的共同區域？不是，因為彼德也沒有把這一切視為理所當然。相反地，他在這類情況下，對畢庸・漢森表現出的某種態度，給人一種心口不一、過度審慎的感覺。

每逢星期日，畢庸・漢森如果沒去布斯克家，就會到大飯店去用餐。等他回到家，發現他兒子之前煎了一塊排骨或幾條香腸，他就會想，我本來也可以邀他跟我去大飯店用餐，他也想過邀請彼德星期天時跟他和赫爾曼・布斯克一起去散步，之後一起去大飯店用餐，或者到赫爾曼・布斯克家裡。其實赫爾曼・布斯克先前邀請過他，他有一天在畢庸・漢森的公寓裡遇到彼德，當時他就開口說很歡迎彼德星期天的晚上跟他父親一起到家裡來。然而彼德卻說這安排對他不太合適。他沒辦法把星期天花在這樣的事上面，他很抱歉必須實話實說。這樣的回答實在太直接，從某個觀點來說——一個對人生充滿展望的年輕人，確實有比跟上了歲數的父親和父親的朋友、妻子一起吃晚餐更好的方法來消磨星期天。只是彼德回話的語氣裡有一些讓畢庸·漢森不太喜歡的成份。太自以為是了，完全沒有顧慮到邀請他的人是他父親的朋友，對方想表達他對畢庸·漢森的慇勤熱誠也適用於彼德身上。因此彼德這樣突兀地宣稱他的星期天該有其他用途，回絕了赫爾曼·布斯克，也可說是回絕了他父親的好意，還當著赫爾曼·布斯克的面，這可是他的朋友，對方眼睜睜地目睹畢庸·漢森這個兒子大方地在他父親家佔用了一個房間，卻沒有半點做兒子的樣子。

　　聽起來他似乎不覺得有必要考慮他父親的感受。沒想過讓他在星期天，帶著兒子到貝莉特和赫爾曼·布斯克家裡吃頓晚餐，哪怕只有一次。至少他可以表現得有興趣，客氣地感謝赫爾曼．布斯克的邀請，說他將樂意前往。事後不一定真的需要去，他可以隨便編個藉口不去。這件事使得畢庸．漢森對彼德有些懷恨。「他及時把握寶貴的人生。」他忍不住會想，像這樣的一段插曲到底意味著什麼。所以當他星期天從大飯店用餐回來，在公寓裡聞到排骨的味道，他心裡會想，真是活該。有一天，去大飯店用餐前他剛好因為一點小事回家，走進公寓時，彼德正在煎香腸。星期天下午，他穿得時髦休閑，鬆垮垮的輕薄衣服，時下年輕人在他們閑暇時要尋點樂子時會穿的那種衣服，無論野外或是在森林中。他就穿著那樣的衣服站在那裡煎著香腸。我不會邀請他跟我一起出去，不，我不會，他可以跟他那些碎香腸在一起。他跟他兒子隨便講了幾句話，然後說他要出去。他穿上那件老式的帶風帽夾克，彼德很清楚他是要去餐廳裡享用一頓上好的晚餐；當畢庸說他要出去，彼德知道他是想掩飾出去用餐的事實，明顯地不想邀請他，看著他站在那裡翻煎著四段可憐巴巴、有點燒焦的切半燻肉香腸。畢庸後來當然也有點後悔，那是他在大飯店拿起菜單的時候。

這下他正好有機會再想起彼德的樣子，在廚房裡煎著香腸，穿著那一身時髦的休閑服裝。自己一個人，在星期天。他為什麼不找一個人跟他一起到外面吃？他心想。每個星期天都像那樣。等到他回家，公寓那股排骨的味道，還有水槽裡那塊孤零零的盤子說明了情況。他常常自己一個人，他心想。他對彼德知道的不是多，只能從彼德告訴他的事，還有他偶爾在客廳坐下來一起看電視的舉止來了解他。除此之外他很少在公寓裡看到或者聽到有關他的事情。周間他每晚早早就回到家。差不多六點或者六點半，不然就是九點多或者十一點多，九點多，十一點多，電影才剛散場；然後走個一兩百公尺，從孔斯貝格的豪華電影院直接回到畢庸・漢森的公寓。有時彼德看完電視會從沙發上站起來出去散散步，他從來不在外面待太久，只是稍微走走，或者看起來是那樣。

他為什麼不跟別人在一起呢？畢庸心想。其實他有，他對自己提出異議。每逢星期六，他會在外面待到很晚。他在自己的腦海裡描繪那時兒子的樣子。那天他先會在浴室裡待很長一段時間，出來時會穿著年輕人那種看似邋邋遢遢但其實經過仔細打理的衣服。再隨意地經過父親的身邊，坐在沙發上，出發去學生舞廳時會不經意地甩甩他的頭，準備要在十月某個星期六晚上，去見見世面。跟其他人打成一片，趕上年輕人的熱鬧，一直忙到深夜。但星期天呢？畢庸心想。他星期天為什麼總是一個人？為什麼不跟他們去吃晚餐呢？他在自己的腦海裡想像他兒子。他站在那裡看起來多麼的孤獨。雖然就是一副年輕人的樣子，但總是兀自冷冷地顯得孤單。也許他負擔不起在外面吃飯，他想。我這個兒子非常節儉，所以都在家吃飯，自己一個人吃。白天稍早時他應該還是跟他們在一起。跟某個人或者是其他認識的誰到處走走，然後等其他人出去從事時髦玩樂時他就回家，因為彼德是他們當中唯一有機會在家做晚餐的人。

他畢竟跟其他人還是有接觸，畢庸・漢森可以從彼德常常提到幾個同學這些事實予以推斷。事實上，畢庸・漢森知道不只一個這些人的姓名，他還把這些人的名字記下來，因為彼德常常提到。卡斯丁・拉森來自尼伯格桑。楊・費茨寇來自史基恩，他跟他們班上的冰島女孩聊上了，兩個人變成了班對，在學生食堂裡坐在一起，十指交纏（這是彼德的說法，他說著還笑了起來）。還有個瑞典人阿克・史文森是從阿爾維卡來的。不只這些。畢庸・漢森有個印象，彼德和那個瑞典人阿克，上課時會很頻繁地膩在一起；他們在班上任何場合都坐在一起，甚至去「艾希羅浮・阿思匹特」看科技設備展示時，也肩並肩站在一起。根據彼德的描述，這家「艾希羅浮・阿思匹特」是全國最大的光學輔助品製造商，他們許多的實習課都在那邊上——此外，當阿克在學生食堂裡晚餐時，他們也會坐同一張桌子（彼德就喝他的咖啡，偶爾吃塊丹麥麵包），畢庸・漢森強烈懷疑，同桌的應該就是楊・費茨寇和那位坐在一起、十指交纏的女友。

但是我回到家時他往往已經到家了。畢庸・漢森心想。每次都是這樣。

每個星期天。為什麼他從來沒告訴我他是跟誰去外面走?每次我問他到底都做了些什麼,他只說出去走走。難道阿克·史文森沒有跟他一起去嗎?為什麼他們不一起在孔斯貝格周遭的山林間散步呢?邊走邊聊真的很適合討論事情,他們應該有許多事可以討論,也許從彼德所說的蛛絲馬跡中得到這樣的印象。但是彼德從沒提過散步,或者阿克和其他人有說過或做過什麼事。這並不表示他是自己一個人去散步,當然,就算他從沒跟我談起任何相關的事,也不表示就是那樣。但是他開始懷疑他兒子很多時間都是一個人獨處,時間長到有點不太健康。

所以當彼德有天問能不能借車一用,他還覺得有點欣喜。一群工程學院的學生星期五要去奧斯陸聽一場搖滾演唱會,結果他們的車子不夠,彼德已經跟他們說他能夠弄到一輛。畢庸·漢森馬上就把車鑰匙遞給了他,滿臉高興的樣子。因為這樣一來,他懷疑彼德獨來獨往就沒道理了,而且彼德開口跟他借車,這個舉動對他來說很有一種兒子的感覺,比只是把他視為一個慈祥的房東要窩心得多。他常常覺得彼德只是把他當房東，而對這種情況他也只能夠忍受，沒有辦法改進。對畢庸來說，他跟兒子分開那麼久，要把自己的心房再打開很不容易。彼德把車子開走，四個同學都塞進他父親的這部老爺車裡，出發到首都去聽搖滾演唱會，來回差不多各需要一個半小時。

隔天早上吃早餐時，彼德歸還鑰匙，畢庸・漢森問昨天晚上的演唱會怎麼樣。「不錯，」彼德說，「但是結果多花了錢。因為我把油箱加滿，等到我們回到孔斯貝格要算錢時，他們拒絕付該付的那一份。每一個人都那樣。我已經幫他們開了整晚的車了。而且演唱會結束後，他們啤酒一杯接著一杯喝，我只能坐在那邊喝軟性飲料。他們居然還拒絕付該分攤的油錢。」「為什麼呢？」畢庸・漢森問。彼德聳聳肩膀，「不知道，」他說，「他們還把這件事拿來開玩笑。」

所以，彼德不知道為什麼那些朋友拒絕分擔油錢，還取笑這件事。畢庸・漢森願意付出相當代價來搞清楚他們到底覺得這件事有什麼好笑，但是他沒有辦法問到那些人，而他兒子也不願意再做說明。但是他非常生氣，他們居然做出這麼糟糕的事情，相當不尋常，反正他就是這麼覺得。他兒子身上到底有什麼問題可以讓三個朋友覺得該用那種態度來對待他？是因為交情太好，所以可以開這種玩笑嗎？據他所知，下一回輪到卡斯丁駕駛，彼德則搭他的車，到時卡斯丁會付油錢並整晚擔任司機，只喝一杯軟性飲料稍微解渴嗎？

「等我把他們趕下車，」彼德說，用他慣常那種有一點太響的聲音。「他們這些人活該得走路回家，而且哈沃爾．默克至少得走個四公里路，不過既然他不肯付錢，該走還是得走。你知道，我把車停在市場那邊，送他們回家前先算錢，一個接著一個算。當時可是半夜，媽的，凌晨四點鐘，那時他們居然還認為，我在老老實實地幫他們開了一整晚的車之後，還會一個一個送他們回家。他們沒有一個人肯付油錢！好吧，他們就給我爬出車外，趕快走去計程車招呼站叫車回家——至少哈沃爾當時是這麼做的。其他人後來怎麼辦我不知道，但是不管怎麼說，計程車錢會比他們本來該付的油錢還多。」

畢庸・漢森聽得很不舒服。他不喜歡這樣的情況。這不是普通的玩笑，完全是不一樣的心態。他們三個人在對付彼德，合起來對付他兒子。他們為什麼不想付油錢，寧可去叫計程車？這不是錢的問題，是有別的事在作祟。然而到底是什麼呢？他們為什麼要那樣對待他兒子呢？彼德幫他們弄來一部車，為大家解決了一個棘手的問題，然後載著他們往返奧斯陸，更不要說在朋友趁機享受一晚首都的夜生活時，他還得坐在一旁等候？

不要反應過度，畢庸・漢森告訴自己。放輕鬆一點。這次只是運氣不好，彼德應該要負大部分的責任。他們只不過是四個朋友一起去奧斯陸聽搖滾演唱會，而彼德自告奮勇幫大家開車。下一回可能是卡斯丁得開車，或者是另一個叫做哈沃爾・默克的傢伙。這是可以理解的，預先都想得到，因此其他三個同學覺得彼德在凌晨四點鐘逼他們付油錢，實在是有點拙劣——想想看，掏出錢包，從中取出鈔票和硬幣，然後為了找錢而大費周章。不用這樣吧，先把我們載回家，彼德，這個我們晚一點再算吧，別鬧了，就這麼辦吧！毫無疑問，當時應該是那麼一回事：一個非常愉快的夜晚，結果卻結束得相當愚蠢，只因為彼德在社交上有一點笨拙，令人不快，正如我在很多不同的場合都注意到的，畢庸．漢森心想。而且這件事似乎沒有打擊彼德，他只是有一點不悅。那天晚上他又出去了，去上學生酒吧，待到很晚才回來，因為正好是星期六。

不過——可以說待到很晚嗎？有一次彼德開門進來時畢庸被吵醒，注意了一下時間。十二點三十五分。再下一個星期六，他又被同樣的聲音吵醒。他聽到他兒子走進來，惦著腳尖在公寓裡到處走。他看了一下時間。差不多十二點半。再下一個星期六他也醒過來。他沒有特意看時鐘，但還是看到了，其實不需要看的。當時時間是十二點三十五分。也就是說，他兒子晚上出去玩，回到家也不過十二點三十五分。嚴格來說還不能算「很晚」。事實上，一個年輕人星期六晚上出去玩，即使沒從事什麼過火的勾當，這個時間就回家也算是最早的了吧。

畢庸．漢森明白了。他不能再否認這件事，眼前這個情況說明他有一個沒有人願意花時間在一起的兒子，除非是不得已。每逢星期六晚上，他兒子的腳步聲就會在十二點三十五分準時出現，規律到可以用這個做基準來校正手錶了。他對這個情況心知肚明。最糟糕的就是這一點。否則任何人都可以說這其實沒關係。他一直想辦法隱瞞此事，包括把我蒙在鼓裡，畢庸．漢森心想。「我的老天！」他忍不住罵出口。但是畢庸．漢森已經知道了。知道他這個兒子完全沒朋友。顯然沒什麼人喜歡他。

連阿爾苟特也不喜歡他，這個被彼德形容為對他有正面影響的朋友。在部隊裡，彼德跟他同甘共苦，形影不離。當時一定是這樣的，阿爾苟特一定是讓彼德跟他同甘共苦，形影不離，所以他兒子才會想去唸阿爾苟特選的科系，還申請同一所學校，這樣他就能夠繼續跟他同甘共苦，形影不離。對啊，彼德本來還夢想一輩子都跟阿爾荀特同甘共苦，形影不離，去擔任阿爾荀特・布羅姆所信賴的店經理。但是阿爾荀特改變主意，連通知他一聲都省了。於是彼德就去討好一些打算去奧斯陸聽搖滾音樂演唱會的同班同學。說他能夠出一輛車載他們來回奧斯陸，他們當然樂得接受他的付出，那麼一來他們就不需要擔心交通問題。但這個傢伙居然要求他們為這項服務付錢，那關係就到此為止了。十二點三十五分。永遠都是十二點三十五分進門。

最糟糕的是他父親還能體會他們的心情，那些其他人。他兒子的個性裡有讓人不喜歡的特質。就光說他的聲音吧——實在太大聲了。他講話就像在對人背後喊話。畢庸可以清晰地想像，他兒子在工程學校的食堂裡千篇一律地只點丹麥麵包和一杯咖啡，然後不厭其煩地跟同學們說他都回家吃晚餐，省下不少錢，那些同學一面吃著，一面聽他大肆吹噓。可能他們只要看到他走過來，端著咖啡和盤子裡的丹麥麵包，就巴望他能坐到別桌去。媽的這實在太糟糕了，畢庸心想。我兒子所有行為到頭來都只是順著他想參與年輕學生正常社交生活的自然渴望。而且他想那麼做完全不會有人反對，只要他不要在大家跟前，到別張桌子旁邊去。

從這時候開始，只要他兒子津津有味地談起他自己出去的事，畢庸．漢森就會覺得很不愉快。聽彼德跟他解釋那些時間裡節奏多緊湊真的很難受，不只是因為他講話那種得意洋洋的口氣，是畢庸．漢森知道事情明明不是那樣。彼德不知道畢庸．漢森已經識破，他還是跟先前一樣，興致盎然地講著他出去的種種。講說在地下室裡電子音樂的呼嘯聲有多大，幾乎像是一種宗教性的聲響。講說他們那一掛的同學是如何打定主意，要擁護這一套新的驗光技術，他們拒絕讓自己遭人踐踏，要把這種光學的實際運用轉變成和目前業界現行的非常不一樣的東西，他們要一點一點在挪威全國推行起來，更不用說未來會擴及其他北歐國家。畢庸．漢森很受不了彼德講這些，好像他跟同學們相處得很愉快，講得好像真的，往往還要稱讚他們一些有的沒的。還會講到他現在生活在孔斯貝格，在城市的霓虹燈招牌下，置身於這片文明，高度科技的文明，在這個名叫挪威的巨石陣中，講到這個時代是如何毫不留情，把沒辦法與時俱進的人都排除在外，同時也認可這是理所當然的。講到這裡彼德・寇爾皮・漢森又說起有些年輕人不經大腦地投入昨天的熱門學科，等到他們出來找工作時，卻發現就業之門在他們面前被狠狠地關上。而他在北歐國家中，選讀了這唯一訓練驗光師的一所學校，應該還算是名列前茅吧。彼德不諱言他覺得自己很聰明，能夠申請就讀孔斯貝格工程學院的這個驗光課程，他也承認他差一點就跑去念佛達大學，如果是那樣，他就會去攻讀大眾傳播。是的，本來也有可能那樣。最後往往都取決於運氣。「不過也不是每次都如此，」他很憤怒地接著說，「因為我一旦選擇了光學，就對想念大眾傳播的想法說再見了。我對該怎麼做才對一點都不懷疑。」他說，於是畢庸・漢森得再次聽他兒子沾沾自喜的聲音充斥在公寓客廳裡，把一旁電視節目的聲音都蓋過去了。

在這樣的情況下，畢庸・漢森難免會想，如果彼德知道他父親對真相瞭若指掌的話，會如何自處？讓畢庸不安的是，他覺得對彼德來說根本沒有差別。彼德還是會說一樣的話，用一樣的聲音和口氣，對同樣的細節沾沾自喜地講個沒完。這個年輕人雖然受人排擠，事實上卻真的對私人的時間和他那些同儕很感興趣，希望能從中耕耘出一點伙伴情誼，無論是在穿著打扮、音樂愛好、社交態度或是未來規劃上。「但是你都沒什麼朋友耶，兒子啊。」畢庸．漢森本來可以這麼說，但就算他說出口，彼德也只會一副若無其事地對他微笑。沒什麼朋友。「當然是如此，」他會這麼說，「年輕就是像這樣。你沒聽過我們的音樂嗎？我們會對那些音樂有同感，就是因為它們表現出每個現代靈魂深處令人難耐的孤單寂寞。我們能夠大聲地把這種感覺甩到九霄雲外，就像是齊聲大吼，把這種感覺一起吐到牆上。」畢庸．漢森又想彼德可能還會補上一句，「年輕人感覺到寂寞是相當自然的，爸。」但是他馬上感覺到一陣突如其來的痛苦，因為就在這時，他注意到在他兒子搬過來的這兩個月中，他從來沒有聽到他在講完一句話後對著畢庸．漢森叫上一聲

「爸」。

如果他兒子這麼說，畢庸・漢森會抬出事實來質疑他，說畢竟其他學生都拒絕跟他有任何瓜葛。他可能還會提到上次彼德開車載那些人往返奧斯陸，他們是怎樣取笑他竟然厚著臉皮要讓大家一起分攤油錢，彷彿他們是一群好朋友一起去奧斯陸似的。關於那件事，彼德也可以回答說：「好啊，確實是有那麼回事，一開始他們是沒打算找我一起去。後來他們想找我，是因為我可以借到你的車。但是那又怎麼樣？人生往往都是如此。你要是有辦法就把它使出來。我用你的車承諾要載他們去，難道那就表示我在討好他們嗎？也許是吧，但我就是想討好他們呀。即使是這樣，我不會因為想討好他們，就對任何事忍氣吞聲。總有一天，不需要我這麼巴結，他們也會邀請我。但是在那天到來之前，媽的他們就必須把油錢先給我付出來。」以上就是他想像中彼德可能會很大聲，並且煞有介事地講出來的回話。他還要開導他父親，有關在某些既定情況下該如何完美地自然因應，就像這樣簡簡單單。是的，彼德對每一件事都有一套解釋，他會說那不過是年輕生命中的一段小插曲，他完全不會受影響，會把它甩開，繼續往前走。唯一一個畢庸・漢森沒辦法想像彼德會有答案的問題，是十二點三十五分。

從某個角度來說，這幾乎也讓他如釋重負，因為在他想像中，彼德對這些問題的回答都非常切合他的行事作風，所以他兒子平常那麼悶不吭聲，避開人群，以及，沒錯，每個星期六必須硬著頭皮開門走進公寓，然後偷偷地穿過客廳不驚醒他的父親，如果他的父親還是被他吵醒，彼德心裡也很清楚，畢竟已經過了午夜，畢庸應該也能體諒他自己的兒子。他對他兒子不被同輩喜愛甚至遭到排斥所感覺到的失望，到了這個時候，不敵彼德表現在他冷若冰霜的寂寞上的那種尷尬，使他想跟他兒子重修舊好，如果不是因為這一層心思，他本來很難放棄對兒子的成見——不過當然，即使放下成見也只是在他的想像中，確實，只在他想像中的極端邊緣。

他不確定他喜歡自己這個獨生子，既然是獨生子，也就是說這是未來死後他唯一留在世間的東西，到最後只留下他。雖然他對彼德這種無可救藥的孤僻個性感到絕望，這種個性也只表現在他兒子每個星期六晚上十二點三十五分偷偷地走經過客廳地板，而他心裡非常明白這種個性的起源為何。他不能忍受他兒子常常一副要教訓人又自吹自擂的態度。他覺得反感，雖然彼德表現出這種態度往往是為了捍衛自己，畢庸也只好隨便他，當然嘍，這除了表示事實上他兒子隨時準備要奮力贏回自己的人生，說到底，冷冰冰的現實是他這個人生也只屬於他自己，畢庸也許想要補一句這樣的評語。如果彼德的生活閃現的是這種面貌，那他死後又會留下什麼呢？也就是說，從他自身的骨肉中，在基因裡盲目地往前推進的，在還沒誕生的生命中可能有什麼呢？這樣的生活面貌，有一些特質讓他覺得有點可怕。彼德跟他父親的關係裡，有一種鬼鬼祟祟的氣息，就好像不斷地在向父親說，「連試都不必試！你無論怎麼做都不可能讓我再變回成為你兒子，在這裡，我是個房客而你就是我的房東。」彼德的所作所為處處都顯示出這種距離。儘管如此，他還是忍不住要從身為畢庸・漢森獨生子的這一點上佔到些許便宜，畢庸・漢森覺得彼德一定是在他的同學之間把這個拿來自鳴得意。他很怕自己表現出一副做爸爸的樣子，讓彼德覺得他是以一個父親的能耐在對他示好，造成他心裡不舒服，讓他感到憤怒或困擾。他本來有辦法給他的東西非常多，如今卻有所保留，因為他害怕彼德會把這些給予解讀成壓力，要他表現出當兒子應有的樣子。每次他接受父親安排好的某樣東西，比如為他準備的餐點，讓他有得吃又不用扮演兒子的角色時，那種秘而不宣的氣息都顯示出他生活中這種清楚的特性，讓畢庸無論如何都覺得看不下去，因為那舉止裡缺乏大方（不過又有多少年輕人能有那樣的大方？他們滿腦子想的都只有自己的未來！），完全沒有一點羞恥心（他居然還想在年輕人身上找到一點羞恥心），這一點他必須承認，在另一個情況下表現得很清楚，就是開車去奧斯陸的那天晚上，彼德那些同學所感受到的那種一意孤行，他們當時雖然滿腹不快，也只好忍受。彼德未來想成為一位驗光師，他講起孔斯貝格工程學院在這個領域上能讓學生輕易獲得的高水準專業訓練，說得彷彿是件輕鬆入袋的獎品，完全都是靠他的能力獲得。但是他對這個學科本身付出非常少，他對驗光學只有淡薄的興趣，而這門專業是他遠道而來本來要學習的。基本上，他把這門學科當成為了獲得前途所必須付出的代價。畢庸本來覺得很奇怪，為什麼彼德明明成績不錯，卻沒有去讀更好的專業例如選擇醫師或者工程師，顯然他完全沒有那麼想，他對所有發展方向都缺乏明顯的企圖心。阿爾苟特不能作為他這項選擇的充足理由，如果彼德服兵役時展現想成為醫師、工程師或者是律師的明顯企圖心，那就算阿爾苟特敲邊鼓，也沒辦法讓他改變主意選擇成為驗光師。當時是要在大眾傳播和光學中二選一，於是彼德就自以為聰明地做了他覺得正確的選擇，也就是光學。對不明就理的旁人來說，這個決定似乎有點可疑，而彼德那種過分自信的態度也讓人難以理解。畢竟，大眾傳播才是能接近權力的專業。那些掌握視覺或語言傳播的新型態學者，憑著他們在這些領域的知識，運用電視螢光幕上的秘密語言，曾經對彼德也有別的專業都比不上的吸引力。儘管如此，他還是選擇成為一位驗光師。憑藉著驗光學的協助來治療眼睛的缺陷。如果不是受到阿爾苟特的影響，無法想像他會做出這樣的選擇，但他最後終究還是做出了這樣的選擇，這件事本身就很奇怪。阿爾苟特的影響力一定遠比彼德原來夢想成為現代媒體專家中的少數成員還要強大的多，不然那些專家既有權勢生活又多采多姿，比起整天坐在眼鏡行後面的驗光室裡的驗光師，雖然穿著一身白袍畢竟還是遜色。但是就在眼鏡行後面的驗光室裡，彼德．漢森即將要以一個充分了解驗光學的身分，留下他曾經存在的印記。那就是他的目標。阿爾苟特並沒有來。彼德對光學作為一個專業學科其實興趣不大。他本來可以放棄不讀。畢竟，他留在這裡的前提已經不存在了。但是他還是留下來沒走。他的同學都不喜歡他，他們只是在學校食堂裡，勉強忍受他在他們的桌子旁邊坐下來。但是到了晚上，他會在他老爸跟前坐下，眉飛色舞地談起孔斯貝格工程學院的點點滴滴，把他的學生生活描述得興高采烈，在校時間是多麼緊湊充實，從ＮＩＴ來的客座教授是如何對他們傾囊相授，同學之間又是如何相處融洽，其中包括了來自阿爾維卡的阿克．史文森，特別受到他的喜愛。因為彼德找到了他發揮所長之處，發現了能夠把他自己的印記留在生活中的方法。

根據彼德的說法，之前是那個瑞典人阿克給了他這樣的想法。「我們在這裡，同學有四十個人，」他那個時候說，「然後到時候，顧客會喜歡我們當中的哪一個呢？很自然，當然是最好的那個。但是我們每一個都是最好的，從顧客的觀點來看。在這裡待三年之後，我們都能做好技術部分的工作來滿足客戶的需要。我們把該學的都學到了。到最後，我們之間的每一個人，不管怎麼樣，都能為任何一隻眼睛找到正確的鏡片，要是顧客的眼睛出了什麼毛病，我們也能鑒別出來，介紹他們去看眼科醫師。即使是那些在眼科專家的課堂上打瞌睡的同學，也學到足夠的知識能區別眼睛染病和單純的視力受損。我們研究的領域是為視力受損的眼睛，提供正確的眼鏡或隱形眼鏡來矯正視力受損，這是每個人都做得到的事。對未來我們將服務的顧客來說，我們當中的每個人都可以承擔那樣的任務。只有對眼鏡製造商而言我們才有優劣之分。同樣地，顧客也會對眼鏡製造商有偏好。有些眼鏡製造商會很成功，有些則很努力地想趕上同行。既然我們所具備的能力是相同的，那未來誰才能成功呢？當然是所提供的服務與眾不同的人。能讓顧客戴上好看的眼鏡，」阿克說，「具有時尚感的眼鏡才會成功。」

這個看法對畢庸．漢森的兒子具有極大的影響力，他原來就不只夢想著要擁有自己的眼鏡行，還想要成為阿爾苟特．布羅姆，或者是像他那樣的人的得力助手。一位配鏡驗光師要讓自己顯得出色，就必須具備解讀時尚趨勢的能力。然後把這種時尚感具體運用在一副特別的眼鏡上。如今彼德已經明白一個配鏡驗光師有沒有前途就看這方面的表現了。不過這都多虧了阿克給他如此的想法。為了這一點，他將永遠感激阿克．史文森，他說。感謝他把這些話深植到他的心裡。彼德把這些話藏在內心，不時反覆琢磨，因為畢庸．漢森了解彼德在自己父親的跟前能興致勃勃不厭其煩地解釋這些話的深意，但是卻絕口不在自己同學中談到這個話題。有同學在場，他就只是在一旁保持沉默。如今他已經開竅了，他完全明白眼前所見是怎麼回事。他還是得把這行業的專長學習起來，那是理所當然。但是除此之外，一個人必須了解他所處的時代。所有一時的風尚都是時代最深處的本質所在。

畢庸．漢森看著他兒子。他可以想像他成為一位配鏡驗光師。在一家眼鏡行裡面工作。他沒有辦法想像他成為一位律師、一位醫師，或者一位工程師，或者在媒體工作，不管是在廣告界、電影圈，或者是一位電視節目主持人。他已經在他的人生當中找到合適自己的位置。投身到一個對他來說並沒有特別意義的行業，只是偶然選上了，假定這個行業能保障他的未來，因為相對於需求，目前配鏡驗光師的人數還是嫌少，不像媒體界簡直人滿為患。他兒子想成為一位配鏡驗光師。當他為他的顧客配好一副合用的眼鏡。當他把手直接伸進他自己的時代，然後用一種幾乎令人費解的方式拉出一副無論以這個時代變動不居的表現力，或者牢不可破的既成形式作為評判標準，都堪稱完美適合顧客臉型的眼鏡，那瞬間所流露出來那種沾沾自喜的得意表情。那不只是他兒子，而是他兒子夢寐以求，他生存中微微震顫的目標。

顯然從瑞典人阿克那聽來的想法，在彼德心裡產生了某種作用。無法否認的是他的學習態度有點隨便，因為他原本想要努力的基礎在還沒有開始前就已經消失了。他還是頗為勤奮地讀書，那也是事實，但是心裡沒有任何特定的目的。除了或許還抱著一線希望，在他腦海的後排深處，指望著阿爾苟特會寄來一封信，把先前所有事都解釋一番，然後彌補所造成的裂痕。他發奮讀書只是在殺時間。但如今他能預見等他完成學業的那一天，在兩年半之後，他的未來不再需要依賴一個以這種令人無法理解的方式背叛他的朋友。他還是跟之前一樣寂寞，但是更少表現出來，除了一些特定時刻的寂寞難以排遣，在晚上十一點三十分到十二點三十五分之間，當他明白他再一次地，可以想見，在同輩中不受歡迎。

秋天開始的這學期即將進入尾聲，彼德很快就要回家，去納爾維克過耶誕節。自從他們一起住在這個公寓裡，畢庸發現跟一個現代年輕男人一起住的種種感受。例如說，當他想上洗手間時發現裡面已經有人了。還有例如說，等到他終於進到裡面，會聞到漂浮在空氣中他兒子的香水味道，還有潤膚乳液、剃後潤膚霜、棒狀除臭劑和洗髮精等等，蓋過來自他兒子身體內部更為原始的味道，只能稍微聞到僅存的一點點，就好像他兒子身上毛髮已經揮發、不太容易辨識的象徵性存在。畢庸早上看著他離開，滿臉無動於衷、自信滿滿，穿著一身年輕人爭奇鬥艷的衣著。然後到了夜間回來，或者是下午稍晚，把晚餐放進微波爐加熱，這個微波爐是畢庸．漢森為了兒子而特地去買的。然後彼德就會回到房間去用功，或者也許就休息了。不過他又走出來客廳，在沙發上坐下來開始講話。內容都是他平常最愛講的。他很喜歡貶損他那些同學。那些還不了解配鏡驗光師應該參與啟迪社會大眾工作的同學。那些到現在還以為唯一重要的是學會有關臉型和選擇鏡架、鏡片間的關係等基本知識的同學。他甚至連阿克也一起貶損在內。雖然當初是阿克給他這個想法，但是連阿克也不了解他自己所說的真正內涵。他只是把它當作一個偏離主題的想法，只是隨便說著好玩的，雖然不是完全沒有當真。但是沒有真的嚴肅看待，像彼德這樣。「一個長臉的女人就要配大鏡片。」他說，忍不住笑了起來。「那是很明顯的。如此一來，這個女人的臉就會變得比較柔和。他們以為只要學好像這樣的基本規則就行了。但是如果這個女人的臉不需要柔和呢？像這樣期望女人的臉必須柔和的觀念不會太陳腐嗎？畢竟，如果我們強調一個女人這張長臉上的堅硬線條，不是也能讓她散發出神秘又有點挑釁意味的氣息嗎？純淨又堅毅。方方的眼鏡，配上窄窄的鏡片，精心為她打造。」這樣子的配鏡觀念，事實上和學校教他們的，也就是他那些同學們奉為永恆真理的完全相反。「根本就沒有什麼永恆真理，只是慌亂中採取的生活節奏，因應當時的情況找到機會發光發亮，所以這種機緣巧合就是一片廣大穹蒼，而能在其中完美表現的人就是上面的星星。」彼德表情嚴肅地說著，流露出特別真實的感傷。噢，如果他的兒子對驗光學也能用這樣的感情講出一番大道理就好了！對那一套能促使他努力工作，讓鏡片曲度介於負二點五和負一點七之間的專業知識。這一點點知識，不管如何都沒辦法提升他兒子的心靈到更高的層次，讓他準備好面對真實的人生。而那也正是彼德現在對他父親加以闡述、極力鼓吹的心得。他一而再再而三沒完沒了地宣講，說著他的人生和自己的未來，如今他的眼睛大張，看得一清二楚。原先那就只是人生，屬於他這個時代的大好人生。如今他已經知道他要如何在其中發揮功用。他的眼睛已經張開來。他反覆說了又說。用他那種同樣的一成不變、讓人覺得有點太大聲的嗓音。這些話越過父親的頭頂，直接傳入他的耳朵。畢庸被他教訓了一頓。這整件事進展的方向跟他原先想像的非常不一樣。畢庸．漢森整整等了一個秋季，心想彼德遲早會對他「發動攻擊」。當年他為什麼會拋棄只有兩歲大的獨生兒子？他難道不知道這麼一來，整個生存的全部面向都因此而失落了嗎？對他來說，對這個兒子來說。畢庸也等著彼德開口告訴他，說從十四歲起就不曾再來看他，是因為他希望自己的父親能表露心跡，熱切地要求他無論如何都要過來，表現出他內心沒辦法忍受從此可能就失去這個兒子。但是彼德始終沒有對他發動這樣的「攻擊」，對他們父子之間，這些年來究竟孰是孰非未置一詞。一句話也不曾提到，甚至連任何一個表情都不曾顯現出任何能把彼德變回畢庸．漢森的「兒子」，使得畢庸也隨之變回彼德「父親」的痕跡。這樣的「攻擊」始終未曾發生。但畢庸．漢森還是持續等著。他把他到時候要回的話準備好。這也是因為他對過去發生的事一點也不後悔，所以不可能顯出任何跡象把自己再變回彼德的「父親」，於是同時，彼德也無法再變回他的「兒子」。因為「後悔」一詞對他不具任何意義，他很清楚如果還有第二次的機會，他的所作所為還是會一模一樣。當年所做的決定讓他失去他兒子，而彼德是唯一能補救這個情況的人，如果他願意那麼做的話。但是彼德並不願意。他完全聽不懂他的父親在說些什麼。他對這整件事根本沒放在心上。彼德在意的反而是，他成天講的他所屬的璀璨年代和受到這個年代啟發的人群中，他完全有資格稱得上其中一員所感受到的熱血澎湃。他們父子之間的詛咒懸而未解。一個又一個晚上過去，這個孤單的年輕人對他的父親滔滔不絕地講著外面是如何生機蓬勃，未來如何無可侷限。在他素淨的這張年輕的臉上，看得出畢庸・漢森自己的特徵，彼德自信滿滿地跟他解釋著一切將會如何被改善，說他將會如何接近他的目標，近到他都快要可以抓住目標了，從他原本只是幻想能在阿爾荀特・布羅姆在奧斯陸的主要分店擔任受到信任的經理人，或者任何他畢業後能找到的打拚起點——目前完全沒辦法確定他會不會從阿爾荀特・布羅姆公司的職位幹起，其他可能性非常多。這一點他有辦法自吹自擂、破天荒第一次地說給他的父親聽，話中自信滿滿。畢庸・漢森也就這麼聽著。當他坐在那裡讓他兒子教訓了一頓時，反應相當保留。他只說一些像「你該不會是說？——既然如此——你認為是這樣嗎？——喔真的嗎？——那或許還是值得考慮」之類的含糊回應。不過彼德完全沒有受到他的影響。他一直說一直說。講得很激動但也很單調，用他那稍嫌有點大聲的嗓音。畢庸．漢森希望他能閉嘴不要再講了。他沒辦法忍受再聽更多關於這個現代世界的證詞，這個他兒子無比驕傲、自認全心全意歸屬的現代世界。帶著所有這個世界的時髦和優雅，彼德如今一心一意地只想去詮釋他個人生活的現代特質，說得彷彿他能從中創造出一個真正令人驚訝的壯觀畫面，讓所有看到的人群倒抽一口氣，大加讚賞。他兒子繼續說著，不肯停。他一直講，到了早上也還一直在講，甚至在畢庸．漢森都還沒有完全醒過來，準備好迎向接下來的一整天前，他兒子就已經站上流理台旁拉出來的麵包砧板前，一邊把麵包切成一片一片，一邊繼續大言不慚地講起屬於他這個時代的脈動，以及了解這些事的重要性。「涎著他那張令人討厭的素顏」，「就像你看不起人的那副樣子」，身上穿著從他收藏豐富、貼滿品牌標籤的衣櫥中挑出來的成套服裝，他就站在那裡，自信滿到自我耽溺的程度，對著畢庸．漢森滔滔不絕地說教，吹噓他所屬的這個時代是如何遠勝於以往，而他作為其中的一部分，絕不會與時代脫節，就在他端著他那杯咖啡和他切成片的麵包走回到他自己的房間前，接下來他父親總算能好好坐下來，安安靜靜地吃上一頓早餐。在此同時，畢庸感覺似乎遭到了指控，心裡有點不安。

會不會我把整件事都給誤解了呢？他心裡想。或許這是「兒子」意有所指特別說給他聽的。或許這就是「兒子的心聲」。一個年輕人對他的老爸打開心房，大肆談論他即將展開的旅程和外面等著他去經歷的冒險。是一個可以說特地從外面帶回來給他父親的訊息。如果事情果真是那樣的話，他的心聲難道不表示這位打開自己心房的人正是他父親的繼承人，未來要把生命繼續往下拓展的人嗎？彼德是要讓他知道未來他會如何接棒這個火炬，往下傳遞嗎？有點可能，有點可能。無論態度是多麼一副教訓人的模樣，或許說話的人還是以一個「兒子」自居，雖然顯得有點置身事外，但或許仍然是以「兒子」的立場對他說話。試圖與他維持一種聯繫，一個兒子的身分。畢庸・漢森覺得有點感動，同時也不太自在。因為在這樣的溝通裡難道不也蘊含著——如果這真是他「兒子」的本意——一種心照不宣的探詢，也可以說是一個私底下的希望，要他的父親從內心深處展現對這個兒子的認可？即使只是電光火石一瞬間的展現。在他們之間點燃這樣的熱度。有可能彼德所做的是這樣的努力嗎？彼德當然可以朝這個方向去做一點努力，但是他先前就算有機會也都沒有那麼做。難道如今他開始把這樣的心意表達出來嗎？就算如此，也不應該採取這種「攻擊」的形式，雖然這幾個月來，他預期這件事可能會發生，於是等了又等，但是他兒子會以這樣出其不意的方式表達嗎？突然之間，畢庸．漢森的腦海裡明白了他這個兒子，用他那種教訓人的作風在嘴上一直講一直講，自信滿滿、大言不慚地，口氣裡盡顯優越感，也許其實是一次又一次，始終表達的根本是，「對我說點什麼吧，爸爸。對我的現狀予以認可，對我正在努力準備，以求在未來實現的生活方式予以認可。對我這麼說吧，爸爸。」難道他這個兒子幾個月以來，從他搬到孔斯貝格、以客人身分住進他父親公寓的那一刻起，就不斷地想從他父親這邊得到一句認可嗎？是的，確實有這個可能。有可能其實是一個兒子試圖想要讓他父親注意到他的生活現狀和他努力的目標，希望能獲得父親的認可嗎？畢庸・漢森心中不免一驚，他必須承認他沒辦法低估這樣的可能性。而且如果事實真是如此，那他應該能透過給予他這樣的認可，在彼德自己的眼裡變成彼德的父親，從此與他這個兒子恢復家人的樣子。他大可以就說出這樣力挽狂瀾的神奇字眼，讓卡在他們之間的魔咒從此失去效力。然而即使事實果真是如此，也一樣沒有用。結果有可能適得其反。因為他不能給彼德這樣的認可。事情就是那麼簡單，同時也那麼令人震驚。彼德也就只能那樣一直講一直講。持續地教訓他，用他有點過度的音量，什麼事也改變不了。我這個可憐沒人要的兒子，他心裡想。

耶誕節也即將來到孔斯貝格。放長假前彼德要考模擬考，等全部考完，他就打包行李要回納爾維克的家過節。他離開時身邊只帶一口行李箱，他父親陪著他去火車站。火車到站，畢庸對他伸出手。「耶誕節過後我就會回來，」彼德說，「跟你住在一起很好。」他父親對他微笑，祝他一路順風。耶誕節過後你會回來，他心想。不過你再待也沒有多久了。這一點我倒是知道。

到了耶誕節。畢庸．漢森靜靜地歡度，完全自己一個人，只有耶誕節後第二天到貝莉特和赫爾曼．布斯克家去吃晚餐，就跟往年一樣。彼德一月初會回來，然後到了一月中畢庸．漢森就前往維爾尼厄斯（Vilnius）。

維爾尼厄斯在哪裡呢？維爾尼厄斯位在歐洲的某個地方。要把這個位置表達得更準確一點是不可能的。你從孔斯貝格搭火車去奧斯陸，從福尼布搭飛機去哥本哈根的卡斯特拉普（Kastrup），然後在轉機大廳等一個小時後，登上飛往維爾尼厄斯的班機。飛個一小時又二十分鐘之後，你降落在德航總部的機場。那裡距離明斯克（Minsk）有一百二十英里，如果你接著往東邊移動的話，距離里加（Riga）是一百八十英里，如果往西北方向的話；距離華沙二百四十英里，如果往南的話，去聖彼德堡的話是四百英里，去莫斯科是五百五十英里，如果回頭去柏林是五百二十英里。介於柏林和莫斯科之間，就在歐洲大陸上的某處。往波羅的海的方向，去立陶宛最重要的海港克萊佩達（Klaipeda），然後到附近的海濱休閑勝地是一百五十英里。

所以畢庸・漢森就來到了維爾尼厄斯。他從立陶宛典型的蘇俄式旅館十八樓的房間窗戶看出去，底下是內利斯河（Neris）對岸的市區。一片古老莊嚴的市容。這裡就在歐洲大陸上，從一個山頂上一座城堡兀自拔地而起，伴隨著旁邊的蓋迪米娜塔（Gedimina's tower），俯瞰山下市區裡眾多的教堂、大樓、高塔、城牆等建築。畢庸・漢森被他從窗裡看到的景象打動，決定立刻出去走走。不久之後他越過一座石橋來到河的對岸，這片老城區所在的地方。這座舊城在十四世紀奠定基礎，幾百年來立陶宛人、波蘭人、白俄羅斯人和猶太人在此地安家落戶。如今主要是立陶宛人，再加上人數也不少的俄羅斯人。城區內處處都是鋪著鵝卵石的狹窄街道，空氣中聞得到一股焦炭氣味，隨著煙霧冉冉上升，再降落到這座城市之上。一股焦炭味和烹調用油的酸腐味。畢庸・漢森穿著他西方式的裝束，急急忙忙走過這些街道，以挪威人的標準來說顯得有點單調乏味。一路上每個人都看著他。從他們狹窄的院子裡，站在那邊看著他。穿著他們略顯破舊、有點老式的衣服。手臂內側挾著一捆一捆的柴火。有的彎下腰，有的駝著背。他們眼睛裡閃現好奇的目光，仔細打量著他。難不成是一位從美國來的代表！卷心白菜和馬鈴薯。街道兩旁的商店裡成捆成捆的織品布料。一個男人拉著一輛滿載空牛奶瓶的手推車，發出玻璃激盪互撞的聲音。畢庸・漢森快步往前，實際上覺得相當不舒服。這一扇老城門十六世紀以來就矗立於此。聖卡西米爾教堂（St Kasimir Church）。十八世紀就築起的劇院。歷代大主教們的豪華宅邸。新的市政廳，從十八世紀啟用至今。大學校園，從十六世紀以來陸續建設，其中還有一座聖約翰教堂。蓋迪米娜廣場周圍有大教堂和獨立建起的鐘樓。叮咚作響。

天氣冷他打哆嗦。這個時節正處於隆冬。狹窄的街道之間，人們快步地走過。突然間開始下雪。在維爾尼厄斯這原來就已暗沉的天色，突然間下起了雪。沒錯，這裡，在這一個城市裡，畢庸・漢森居然有幸目睹這樣中歐風味的雪景。降落在維爾尼厄斯的這些雪又濕又重，這裡自古以來就被稱為立陶宛的耶路撒冷，在兩次世界大戰期間是波蘭的一個省城。大片大片白色的雪花飄在空中，徐徐地降落下來，融入地面蒸發消散。雪以厚重的白雪花形式飄在巴洛克的建築物間，落在蜿蜒的狹窄街道上，落到人們揫高的肩上，沒入他們的髮絲裡，將其浸濕。街上一下子滿滿都是學童，他們試圖從空中把雪花接在手上。他們突然間從成排房子狹小的出入口走到街道上，身上穿著學校制服，課本用束帶捆著提在手上，為了趕快到街上中心位置，用他們熱切的小手接雪，他們匆忙地把這些書一甩放到檐板上，或者是牆上的壁龕凹處，或者就放在階梯上。他們從空中抓到了雪就兩手迅速一拍，徒然地希望能集到足夠的雪花，捏成一個雪球。畢庸・漢森快步走過市區的同時，這個奇特的即景就這麼自動自發地在他的眼前展開。他又回頭經過那條跨越內利斯河的老石橋，往他下榻的那個隱密的旅館走去，立陶宛大飯店，座落在河的另一邊。

走進立陶宛大飯店的迎賓大廳時，他甩一甩頭髮裡融化的雪水。迎賓大廳又深又暗，裝修的風格呈現的是六〇年代那種浮誇氣息。地板上鋪著厚厚的地毯，昏暗的燈光，走到最盡頭才有一張長長的接待桌，上面裝飾著幾盞一閃一閃的小燈。桌前站著一群人，滿臉堆笑使出誇張的姿態擁抱問候另外一群人。畢庸．漢森加快腳步，因為他認識裡面其中一群人。他自己也是這群人當中的一員，而這一群人當時正在跟邀他們到立陶宛來的東道主寒暄問候。畢庸．漢森來到維爾尼厄斯是因為擔任某個代表團中的一員，他被選出來作為挪威的市鎮級公務員代表，此行的目的是到立陶宛傳授民主運作的實務。而此刻他們就在這裡，問候著那些要來接受他們教導的人。這個新近宣布獨立的前蘇聯共和國中被選出來擔任政府要職的這群當地人將會跟他們進行討論。目的是要這些挪威人給這些立陶宛人一些好的建議，教他們地方上的民主程序要如何合理運作，讓地方上的人群在接受統治的同時也能參與自治工作。一位挪威的鎮級財政處長被選為像這樣的代表並不會顯得不合理，而這位挪威的鎮級財政處長正好就是畢庸．漢森，這也完全說得過去，畢竟他擔任像這樣的工作已經將近二十年，而且在這整段職涯當中，他也先後獲得信任，參與好幾項挪威市鎮級和區級財政相關的委託業務。

這個討論會就在大家彼此招呼認識後隨即展開，場地就在這些挪威人下榻的飯店裡。這樣的會議接下來還有三天，中間穿插安排維爾尼厄斯的市區觀光，還有一天到附近的立陶宛其他地區旅遊。最後一天晚上會有個熱鬧的晚宴，大功告成這些挪威代表就要回去奧斯陸。畢庸．漢森對這個討論會本身不太有什麼話要說。他一定是對這些安排有點嫌惡，一方面是因為每天晚間沒完沒了的派對，一方面是他自己的一些想法。但是他注意到，這個挪威和立陶宛兩國市鎮級官員間的會議，打從開始就有一種怪怪的氣氛。這些挪威人被當作偶像崇拜，其程度超過了他實際願意接受的範圍，因為他們被當作偶像崇拜的原因不是自身價值，而是他們所屬的國籍令人稱羨。

這些立陶宛人都夢想著穿得上一雙像畢庸・漢森腳底下那樣的鞋子。他們仰望著他那雙鞋子，認為它極端優雅，甚至當面指著那雙鞋子稱讚。於是畢庸・漢森對自己穿著這麼一雙鞋子也覺得彆扭。他的手錶也是一樣，散發著一股大有可為的氣息。他們羨慕地看著戴這隻手錶的人，覺得透過這支手錶彰顯出一種自然的優越。不時都有人來問他現在幾點鐘，即使這些立陶宛人各自都有自己的錶。被問到時畢庸・漢森就伸展他的手臂，仔細看了看他的腕錶，然後說出指針所表示的時間，用的是德語。但這些立陶宛人根本沒在聽，他們只是心醉神迷地看著，當畢庸・漢森把他的襯衫袖子稍微往後拉，讓他的錶露出上面顯示的時間，這麼一個他先前至少做過幾千遍的自然動作，從來都不曾有人為此大驚小怪。而眼前這些人可不是打立陶宛鄉下來的、世世代代屈為農奴的無知民眾。他們是受過良好教育，被選出來擔任立陶宛新政府地方領導人的精英。他們代表了新立陶宛的核心骨幹。而畢庸・

漢森並不是在場唯一穿著自己的衣服四處走，就被這些立陶宛人大肆讚賞的人。挪威代表團全部成員都有相同的經歷。而且因為他們都喝得不太醉，你也可以說他們比較無趣，挪威的這些市鎮級主管們只有很少數，如果有的話，可以稱得上穿著非常得體，所以令人不意外的是，面對這樣的狀況，整個挪威代表團情緒變得相當高昂，當中的許多人不可避免地覺得受寵若驚。對畢庸·漢森來說，不管怎麼樣，這樣的情況使他了解這一趟來立陶宛打算施行的計劃，怎麼樣都不可能失敗。

於是隔天還沒有吃早飯，他就離開旅館，招了一部計程車出門。他有點擔心，還是保持沈著。他吩咐計程車載他去維爾尼厄斯最大的醫院。關鍵是要找到那個正確的人；如果找到了，那接下來每件事就會像上了發條，依序正確運作。史歐慈醫師事先就給他一些好的建議，教他這件事應該怎麼進行，應該要去找怎麼樣的專科醫師，他要去打點醫院裡多高的層級，於是當計程車停在一棟大型綜合醫院外面，他就使出渾身解術，靠著一本德語對照立陶宛語辭典的幫忙，想辦法找到了路斯廷瓦斯醫師。

他告訴路斯廷瓦斯醫師雖然這個要求乍聽之下有點奇怪，他還是請求醫師完整地聽他解釋自己為什麼要來找他。路斯廷瓦斯醫師點了點頭，示意他繼續說。這位醫師是個三十歲左右的男人，穿著就像世界上任何地方的醫師，一身白袍。畢庸．漢森開始講起他的要求。當他把他希望這位醫師幫他做的事講出來時，路斯廷瓦斯醫師沒有任何情緒反應。他沒有聽得目瞪口呆，甚至連眉毛都沒有動一下。雖然從他這邊聽起來，這似乎是完全的瘋狂，外表看起來也不為所動；有點不感興趣的樣子，事實上。對他沒有影響。他只是聽著，然後等到畢庸．漢森整個講完，路斯廷瓦斯醫師就聳了聳肩，然後說如果這真的是漢森先生想要的，他看不出來有什麼困難。但他又接著說，正常情況下，像這樣的手術不能免費施作，漢森先生對這一點應該有充分的了解。他唯一想知道的是，漢森先生明不明白這一筆費用必須以現金支付，所以他誠摯地希望漢森生先生把這件事盤算好，在離開他原來的國家到這裡之前，事先把需要的款項準備好。等到畢庸．漢森跟他確認這一點沒有問題，路斯廷瓦斯醫師就點點頭，表示他對這個新的患者覺得滿意。但是當畢庸．漢森提起他打算付的金額，路斯廷瓦斯醫師卻一驚，跳了起來。他有沒有聽錯？這個金額有可能嗎？這位西方來的男人居然打算付給他一萬美元？就為了這麼一點微不足道的事？路斯廷瓦斯醫師複述了這個金額：一萬美元？現金？畢庸．漢森跟他確認沒有錯。於是路斯廷瓦斯醫師站起來對畢庸．漢森伸出他的手。可以看得出來他大為激動，雖然他試圖隱藏自己的情緒，仍然沒辦法控制住。路斯廷瓦斯醫師的手都顫抖了。

談話的最後，畢庸．漢森給他一千美元作為預付訂金，然後他們悠哉地安排好接下來的整個進程，一切妥當後，畢庸．漢森回到立陶宛大飯店，繼續開他的討論會。他回到旅館時剛好趕上吃午餐。對於他早上不在場，沒有人覺得有異狀，因為前一天晚上大家都喝多了，尤其是立陶宛的這些與會代表看到他終於出現，還興高采烈地歡迎了他一番。在那之後，他完整參與了剩下來的大會行程，包括會議和觀光招待，晚宴和其他派對，過程中他沒有讓別人發現他的心思實際上都在別的地方。他只是適度地喝了一點酒，卻表現得好像是喝得很多的樣子。最後一天晚上，在旅館的會議廳舉辦的熱鬧晚宴過後，大夥還繼續在酒吧和旁邊的聚會空間歡慶。到最後大家舉杯宣誓友誼長存，畢庸・漢森高高興興地當著他這些新朋友的面，把手上那杯酒一飲而盡。他們還邀請他到其中一個立陶宛人的房間裡，打算跟幾個其他人繼續熱鬧熱鬧，一般遇到這樣的事，他應該都不會拒絕。不過這時他卻說他要晚一點再過來。他得先到外面去透點新鮮空氣。他這樣說時帶著一抹壞壞的微笑，還稍微做出抽著鼻子的聲音，好讓其他人了解他確實馬上需要一點新鮮空氣。於是他穿上大衣，把鑰匙寄存在迎賓櫃檯，按照當時旅館的習慣，然後走出旅館，外面是一月底夜間的氣候。當旅館沒有人能再看到他時，他把背挺起來，邁著堅定放鬆的步伐在街道間溜達。當時正下著雪。跟他頭一天來閑逛時相同的雪。一片一片厚重的白色雪花飄在維爾尼厄斯這座燈光照明稀稀落落的歐洲城市。他走到醫院，路斯廷瓦斯醫師站在階梯上等著迎接他。

他被帶進了醫院，經過某些隱密的階梯，一個有病床的房間。這就是他的房間了，獨居病房。路斯廷瓦斯醫師讓他一個人留在那裡稍事準備。他脫掉衣服，把衣服掛到旁邊樸實無華的帶家具房間裡一個高高的衣櫥內，就在床上躺下來。過了一會兒，路斯廷瓦斯醫師走進來，身旁跟著兩個護士。在路斯廷瓦斯醫師的指導之下，畢庸．漢森被他們按照適用於這種情況的醫療規範，以繃帶包紮，然後塗上熟石膏。

隔天早上，畢庸．漢森沒有出現引起了一陣騷動，大家紛紛關切。早餐時沒看到人，等到挪威代表團在迎賓大廳整隊集合，準備出發去機場時還是沒看到人。他的行李箱也沒出現在代表團的眾多行李中，這些行李被集中放在迎賓大廳，由一位衣帽間的服務員顧著。有人去迎賓櫃檯問得的訊息，說畢庸．漢森前一天晚上寄放鑰匙後就沒再取走。他們拿了鑰匙進到他的房間，發現裡面沒人，但他的東西都還在那裡。他們打電話到機場，用他的名字廣播，以防出於什麼一時說不清楚的理由或者其他突發狀況，他連行李都沒有帶就直接去了機場。到這個時候，他們開始覺得事態嚴重。去機場的巴士已經就定位等候，卻還是遍尋不見畢庸・漢森。這時，有一位立陶宛代表團的成員氣急敗壞地把挪威代表團的團長拉到旁邊。他收到醫院來的消息，大致是說畢庸・漢森在一起交通事故後被送進醫院，因應他的傷勢進行了手術。情況很嚴重，但是沒有生命危險。

那現在怎麼辦？飛機很快就要起飛，時間到了，大家得去機場。但是他們能這樣飛走，撇下傷勢嚴重的畢庸・漢森獨自在一所立陶宛的醫院裡嗎？也許他們之中有一兩個人要留下來幫忙吧？立陶宛代表團的團長跟他們打包票，說沒有這個必要。首先呢，長期來看，這樣對他沒有太大的幫助，其次呢，醫院會把他照顧得很好。一旦有什麼需要，他們會先通知在華沙的大使館。等過一陣子，大使館會派秘書到這裡來探訪他。經他這麼一說，挪威代表團也就放心下來，便聽從他的勸告，按照既定行程回家去了。

畢庸·漢森在維爾尼厄斯醫院裡待了好幾個星期。他是路斯廷瓦斯醫師的病患，沒有路斯廷瓦斯醫師的許可，其他人沒辦法接近他。有時路斯廷瓦斯醫師會同幾位其他醫師一起來探視他，這些醫師會站在病房的中間，他可以聽到路斯廷瓦斯醫師小聲地對他們說話。或者另外有幾回，路斯廷瓦斯醫師帶著一群護士來看他，一個接著一個，好像一列小隊伍，在這種情形下，他們之所以探視這位從西方來的代表，只是他們對所有病患一視同仁的例行巡房的一部分。每天都會有一位護士來更換他的繃帶，以軟膏幫他擦揉全身。這項工作有兩位護士在輪流，就是頭一天晚上幫他包紮繃帶、塗上熟石膏的那兩位。她們都年輕又可愛，把他照顧得無微不至。有時她們會用立陶宛語對他說話，當她們意識到他一個字也聽不懂時，她們會露出微笑。每隔一段時間，她們兩個會陪同路斯廷瓦斯醫師出現，然後畢庸會聽到他們在談論他的狀況，兩位護士的聲音聽起來都對他很同情。路斯廷瓦斯醫師會到他床前探視，雙眼流露出擔心的神色。或者坐在他的床邊，拿起他的手感受一下脈搏，或者用聽診器聽聽他的心跳。每天他都會在掛在床頭牆上的一張圖表上，畫上曲線更新記錄。

有一天，路斯廷瓦斯醫師為他注射了一管針劑，他隨後就舒舒服服地昏昏入睡。沒有多久，路斯廷瓦斯醫師再次來到床邊，身旁有一位講著挪威語的斯文男子，畢庸．漢森能夠依稀聽見，但不幸的是他非常昏沉，沒有辦法聽清楚那個男人說了些什麼，或是想要做什麼。事後，路斯廷瓦斯醫師跟他解釋那是華沙的挪威大使館派來的秘書，然後指了指床邊簡單的小桌上，有鮮花和綜合巧克力。等到那位男子第二次來看他，畢庸．漢森看上去似乎好了一點，大使館的秘書還為他帶來了一疊挪威的報紙和其他的讀物。

路斯廷瓦斯醫師對待畢庸．漢森，是給予高度的尊重和面面俱到的醫療照護。畢庸吃了幾天後，也懷疑那並不是醫院正常的伙食，而是特別為他準備的專膳，因為送來給他吃的東西挑不出任何缺點。路斯廷瓦斯醫師有時會對他說些鼓勵的話，再不然就是表達同情。當醫師來向他報告事情無可挽回，意思就是他必須接受往後餘生都坐在輪椅上的這個事實時，醫師一邊說著還按住了他的雙手。當時他就在畢庸．漢森的床邊坐下來；真的，他還移動了一下他的椅子，把本來已經很靠近床邊的椅子擺成當他坐下時，能跟他的病患雙眼對望。那一天也是，他帶來了一整隊的護士。醫師向畢庸．漢森宣布事情無可挽回，當時他們就沿著病房牆邊排起來，一個一個站在那邊哭喪著臉，眼睛直視前方，看起來很悲傷，包括那兩位頭一天晚上安排他入院，之後又輪流照護他的年輕女子。他們稍有距離地站在那裡，就像一班希臘悲劇裡哭嚎的合唱隊。只差全部都穿著白色。

畢庸住院期間還有人來探病。首先，是立陶宛代表團的團長，他家就住在維爾尼厄斯，隨後是駐華沙的挪威大使館秘書。這兩次探視的過程中，路斯廷瓦斯醫師都陪同在場，而那個立陶宛人來探病時，他常常在病房裡親力親為，或許還用他們共同的語言向他的同胞敘述他這位挪威病患身上所發生的事故和後續的情況。大使館秘書來的時候，路斯廷瓦斯醫師就什麼話也不說，不過他會全程作陪，就在旁邊待著。在那回最後的探視當中，順道一提，整個進行得非常順利，他們談著這個那個有的沒的，顯然大使館秘書也不想直接觸及為什麼畢庸・漢森會住進維爾尼厄斯醫院這個話題。

他是路斯廷瓦斯醫師全責診治的病患，醫師也盡心盡力照護他的病情。他會突然間出現在畢庸・漢森的病床旁邊，常常只有一個人。然後坐下來看看他，問他覺得怎麼樣，對所接受的治療有沒有不滿意之處。他會突然間講起他自己，關於他作為一個立陶宛人以及一位天主教徒，關於立陶宛這一大片草原，他童年成長的地方，關於他多麼痛恨俄羅斯人和共產主義，但同時也要感謝他們。沒有他們，他不可能會成為一位醫師，只能繼續做農奴。如果沒有他們，維爾尼厄斯就不會是立陶宛的首都，而只是波蘭境內的一個城市。「明天，或許維爾尼厄斯又會成為波蘭的一個城市。這取決於德國人的態度。我們過去漂蕩徘徊了很久，未來還要繼續漂蕩徘徊。也許這一漂就漂到聶伯（Dnieper）河畔了，我根本就不會曉得。但是如果德國想要把斯塞新（Stettin）和弗羅茨瓦夫（Breslau）、柯尼斯堡（Königsberg）、但澤（Danzig）和梅梅爾（Memel）併回去，那波蘭就會想把維爾尼厄斯拿回去，於是我們就必須再往東邊漂了。不過我反正都會有辦法，」路斯廷瓦斯醫師又補了一句，「因為所有的一切背後都有上帝。」這就是他說給他病患聽的內容。這位從富裕西方來的重要人士，就這樣整個人躺在他的病床上，按照標準程序纏了繃帶，又敷上熟石膏。一位讓你一掬同情淚的男人，如果你在他的病床邊坐下想想發生在他身上的不幸，試著從這位病患的觀點來看這整件事的話。但是路斯廷瓦斯醫師不想這些，在這種事情上，他一向是不表態。不過他很高興能坐在畢庸．漢森的床邊。畢庸．漢森認為那兩位甜美的護士，一定已經參與在這件事當中；她們是這個秘密行動的同夥。不過其他人就沒有必要知道這件事。只有路斯廷瓦斯醫師和兩位穿著護士制服、深色頭髮的美女。

路斯廷瓦斯醫師坐在這位重要人士的病床邊，這位人士一定改變了這位醫師的人生。或許這就是為什麼他會那麼常常來探視的原因，為了陪在這位使得他能展開全新人生的男人左右，這樣的未來在畢庸．漢森出現之前，他連想都不敢想。一萬美元這樣的金額就從天空直接掉到路斯廷瓦斯醫師腿上。一位腦子裡有個瘋狂念頭的有錢人就這樣突然出現在他的人生中。這位從西方來的、纏著繃帶裹了石膏的男人是上帝給路斯廷瓦斯醫師的禮物，路斯廷瓦斯醫師就是用這樣的態度來看待畢庸．漢森。有一天，路斯廷瓦斯醫師必須要為這件事去做告解，理所當然，畢庸．漢森心想，不過在我離開之前，他應該不太可能那麼做；不過到時候，他會把這件事講成是他所犯下的一項罪行？還是當作人生旅途中愧不敢當的奇蹟和恩典呢？

而那兩位甜美的小護士對待畢庸．漢森也同樣慇勤。對他充滿敬意，體貼入微。有一天，路斯廷瓦斯醫師推了一架輪椅到畢庸．漢森的病房來，後面緊跟著那兩位護士。兩位護士幫著畢庸．漢森坐上那架輪椅，然後在路斯廷瓦斯醫師教他怎麼操作——說穿了也就是用一些模糊的術語，詳盡指導他一個癱瘓的人實際上會怎麼動作，包括有人幫他坐上輪椅的情況，以及坐在輪椅上活動的情況——之後，兩位護士就推著畢庸．漢森出病房到走廊，最後把他推到一個有頂棚的陽台上停好。那時畢庸．漢森確切感受到春天已經降臨立陶宛。群鳥婉轉歌唱，眾樹萌發新葉。要不了多久，他將離開醫院和維爾尼厄斯。但他還是在那邊多住了一個星期，大部分時間花在適應坐輪椅的要訣；他推著自己在醫院走廊裡上上下下，或者坐在有頂棚的陽台上用一塊毯子蓋著自己的雙膝。有時畢庸坐在那裡，路斯廷瓦斯醫師會出現，在他旁邊坐下來詳細解說生在立陶宛是怎麼樣的經驗，意味著怎麼樣的處境。他還帶來一本破舊的相簿，讓他看裡面的照片。有他父親的照片，集體農場的農夫。有他母親的照片，一位身形龐大的立陶宛村婦。有他三個兄弟和他妹妹的照片。他還讓他看一串妹妹的耳環垂飾，因為她已經過世；死的時候才十六歲，所以她的照片被鑲嵌在一個垂飾裡，路斯廷瓦斯醫師用鏈子把它串起來掛在脖子上。畢庸也看到路斯廷瓦斯醫師小時候的照片，還有年輕一點的時候，學生時代、菜鳥醫師時代的留影。還有路斯廷瓦斯太太和他們的兩個小孩，拍攝的背景是一間狹窄擁擠、堆滿家具的公寓。路斯廷瓦斯太太也同樣是位醫師。也在這一家醫院服務。「可惜你還沒有見過她。」路斯廷瓦斯醫師說。那兩個小孩一個六歲，一個八歲。所有照片中的人像都在一定的構圖中塞得滿滿的，不太自然。多半是在拍攝者的指揮之下，不論這位拍攝者是一個父親（兩個小孩的）、丈夫（路斯廷瓦斯太太的），或是兒子（他父親母親的）。照片中的室內看起來也很侷促，搖搖欲墜的餐桌上堆放了許多吃的喝的，路斯廷瓦斯全家就圍桌而坐，唯獨少了路斯廷瓦斯醫師，因為就是他在鏡頭外拍這些照片。路斯廷瓦斯醫師夢想著一種羅馬式的和平：立陶宛人可以置身於德國人建立起來的羅馬式大國內享受和平，這要靠德國人把他們的版圖向東擴充，沿著波羅的海岸一直延伸到奧德河奈賽河的邊境上，然後在這個國度裡，波蘭人、立陶宛人和白俄羅斯人就能永久和平共處

——而俄羅斯人就來充當這個新羅馬國境城牆外的蠻族。路斯廷瓦斯醫師的兩個小孩坐在桌子旁注視著畢庸。路斯廷瓦斯太太注視著他。年輕學生時代的路斯廷瓦斯醫師注視著他。他把手放在一位同學的肩膀上，兩個人一起注視著畢庸，以令人費解的表情。路斯廷瓦斯奶奶注視著她兒子，當時是個菜鳥醫師的他回到鄉下，帶了一架照相機想幫她母親拍一張照片，於是他母親現在就從照片裡注視著畢庸・漢森，這位打從西方來的男人。路斯廷瓦斯醫師沒有開口問過畢庸・漢森家裡的情形。他是從另外一邊來的，過去一片空白。他從外面來到路斯廷瓦斯醫師跟前，口袋有錢，而且兩人過去從不認識，他要醫師幫他一個忙，就這樣他改變了路斯廷瓦斯醫師的人生，同時他自己也因為某種難以理解的理由，以一個殘障者的身分坐在輪椅上。路斯廷瓦斯醫師沒有問他什麼問題。甚至對他所來自的那個充滿財富的世界，路斯廷瓦斯醫師也沒有提出任何疑問。

畢庸・漢森就這樣出了院。他被推到路斯廷瓦斯醫師的辦公室裡，拿到好幾張簽名蓋章的文件，上面詳細解說了他待在維爾尼厄斯醫院期間的細節。然後就有人開車送他去機場。他被那兩位深色頭髮的護士推著輪椅進到出境大廳。她們兩個一左一右走在輪椅後面，各自扶著一邊把手把他推到報到窗口。其中一個幫他辦報到手續，另外一個就站在輪椅後面陪他等著。隨後她們又推著他去檢查護照和國際航班的出境大廳，照樣是一左一右，像兩姊妹似的跟在後面。到了護照檢查處，一位斯堪的那維亞航空的女空服員正站在那等他。那兩個立陶宛護士把輪椅交到這位女士的手中，接下來其他運送途中的責任，從這個時間起就由這位女士承擔下來了。然而就在把他交到女空服員手上前，她們彎下腰來，兩個人先後擁抱他，同時忍不住掉了眼淚。

對這個舉動他們兩人都沒有心理準備，這位冷靜的女空服員當場還倒退了一兩步，而畢庸·漢森則順勢往前弓身，心裡擔心的是要怎麼樣被推著通過護照檢查處，然後接下來要如何穿過一段又一段長長的走廊，順利登機。

不過當然也對未來會發生什麼事內心有點忐忑。在這段期間，女空服員抓住了輪椅的把手，推著他一路經過護照檢查處，然後經過一個門，過了之後門就關上，而既然他正襟危坐，眼睛直視前方沒辦法向後轉，他就不能再看到那兩個護士，她們並肩站著目送他消失在自動門外，回到他所屬的那個世界，她們對那個世界一無所知，即使是在那一扇門關起來之前。

在飛機上，他們給他的座位在非常後面，就在一個保留給機組員的單人座位旁邊，那位女空服員就坐在他身邊，飛機起飛的過程中，她用一手牢牢地抓緊輪椅的把手。他們推著餐飲車來問他要不要吃喝點什麼時，他搖搖頭——不管怎麼樣，負責關照他的這位女空服員在飛機的這塊區域擔任的工作就是提供飲料。他坐在那邊兩眼向前直視，弓起上身，陷入沉思。他在回家的路上。他從來不曾那麼害怕，除了害怕之外，他還擔心他的恐懼會讓他全身發抖。他害怕他會沒辦法把這個計劃執行到底。他就在歐洲某處的高空中這麼坐著。在一架飛行器狹長的機艙內部，靠近最後面。他在輪椅上坐著弓起上身，悶悶不樂地直視正前方。當飛機往下飛行準備降落，那位女空服員在他旁邊的空位上坐下來，再度牢牢抓緊輪椅的把手。到了卡斯特魯普，他被移交給另一位女空服員，護送他飛完這趟旅程的最後一段，從哥本哈根到奧斯陸。在福尼布，孔斯貝格醫院派來的一部救護車及配屬人員接手運送。當那位女空服員推著他通過管制門到外頭空曠區域，國際出境大廳裡用挪威語大聲交談的嘈雜聲撲面而來，在他剛通關之後。他馬上被遞交給兩位身著白衣的男人。

春天已經抵達挪威，天氣還很涼，他在從出口到救護車所停的位置間，在這段短短的路程上注意到氣溫的狀況。這時是四月中，「聖週」的星期二，「濯足星期四」的前兩天，因為這一年復活節比較晚。他這一去，離開了八個星期。救護車一路開到孔斯貝格，中間經過德拉蒙和霍克桑。他一直以來就沒有很喜歡挪威的風光，尤其是沿著德拉蒙河的景象，德拉蒙和霍克桑之間，還有霍克桑和孔斯貝格之間那些平野和險峻的山丘。那兩個白衣人坐在前座，彼此說著接下來的復活節假期打算怎麼過，這段時間畢庸．漢森坐在車後方，在他的輪椅上，跟之前一樣弓著上身。等到他們抵達孔斯貝格醫院，他連同輪椅被抬出救護車外，然後直接推到史歐慈醫師那邊，他正在等著畢庸被送回來。

史歐慈醫師接待他的態度完全就像一位稱職的開業醫師：友善但是冷淡。辦公室裡還有一位護士在場協助醫師。協助的事項不只一件，最明顯的是幫著把畢庸．漢森從輪椅搬上檢查檯。我的雙腿沒有辦法支力，畢庸．漢森心想，不要忘了這一點。不過這時做檢查的人是史歐慈醫師，護士完全沒有對畢庸．漢森的身體做直接的接觸。檢查完，畢庸．漢森被送去X光部門，史歐慈醫師也跟著一起過去。醫師親自操作X光片拍攝，不用人幫忙就把畢庸．漢森翻轉過來，腹部朝下，隨後繼續留在那裡等X光片沖洗出來，那一段時間畢庸．漢森則被人用輪椅推回史歐慈醫師的辦公室。當時在辦公室裡陪著他的只有那位護士，不過他們並沒有交談。他躺在那邊，閉起雙眼，身上蓋著一條被單，直到史歐慈醫師手拿著X光片走回來。他看起來有點憂心。他揮手示意那位護士幫他一起把畢庸・漢森從檢查檯搬回輪椅。我的雙腿沒有辦法支力，畢庸・漢森心想。史歐慈醫師把護士先支開，名義是請她去拿一些文件，這麼一來他們兩人就能獨處，護士對此也心裡明白。

史歐慈醫師滿臉關切，用一種低沉友善的同情語調告訴他，剛剛所做的那些檢查證實了先前在維爾尼厄斯的診斷無誤，那個診斷書先前就有一份副本被寄來孔斯貝格醫院。畢庸・漢森，所以說呢，今後必須像個男子漢大丈夫接受眼前的事實，醫療上可以做的都已經做了。

史歐慈醫師知道病人在心態上要適應這樣沒有希望的處境一定很痛苦，但是他也無能為力。史歐慈醫師完全可以理解，如今畢庸・漢森難免會陷入一種自憐自傷的心情，也許會持續好幾個月。這樣完全是合乎人之常情，但是他還是希望畢庸・漢森慢慢了解生命必須，而且也能夠繼續下去，他還是一樣能參與社會，畢竟他們所在的這個社會投入了很大的人力、物力，要讓所有身心障礙者都能過上令人滿意的生活。

畢庸・漢森面露絕望地試圖和醫師四目相接。他尋找他的目光，認真地探索。他自己一個人坐在那裡，眼睛睜得大大的，把目光投向史歐慈醫師的雙眼，投向那一雙永遠都略顯冷淡的雙眼，此刻也同樣維持著那樣的冷淡，拒絕讓畢庸・漢森搜尋的目光觸及到自己的眼神，就在畢庸・漢森目光尋來的那個瞬間刻意避開。他聽著這一位染有藥癮的醫師告訴他社會定當盡其所能地提供畢庸・漢森良好的生活。他知道畢庸・漢森此刻心裡一定很難受，但是他應該知道在這樣的時刻，其他人都會竭盡所能地幫助他、支持他，而他這麼說的時候，他才把他的雙眼正對著坐在輪椅上的這個男人，對他投以雖然還是冷淡但卻友善的目光，一點都讓人看不出他們共謀的秘密，史歐慈醫師輕而易舉地按照原先的默契行禮如儀。畢庸・漢森注視這位友善醫師的雙眼，從中看到回應他的是一貫沉著的好意。有人輕輕地敲門，然後護士走進來；她把一疊文件分放到醫師的桌上。全都按照吩咐做好了。

他們把他送回他的公寓，然後就離開了。他就這樣只剩下自己一個人。畢庸．漢森在他自己的公寓裡獨坐在輪椅上。過了一會門鈴響了，畢庸．漢森推著輪椅去應門。這種情況下要去開這個門可不簡單。首先，他要把門鎖打開讓門稍微卡著，然後把輪椅轉半圈，退後出一個足夠的空間讓站在外面的人有辦法推開門進來。來的是社區的護士。過來幫忙他的是個差不多六十歲、散發愉快氣息的女人。

她問他晚餐想吃點什麼，他想不出什麼特別的東西時，她就體諒地微笑著說，那麼她就去買一點她覺得適合的東西。她回來時提著一整袋食物，他把東西的金額付給她。她端出來一道鮭魚和黃瓜沙拉。他一邊吃著，她就在整個公寓裡四處走一走，把東西稍微收拾好。她還買了鮮花和一些裝飾用的小東西。黃色的柔荑花序她擺在桌子上和架子上。十朵黃色的鬱金香她把它們分插成兩盆，一盆放在咖啡桌上，另外一盆放到窗台上。在他的餐盤旁邊，她擺上一張艷黃色的餐巾紙。現在他們可以敲響復活節的鐘了，她說道。等到他吃完東西，她把餐盤、玻璃杯跟刀叉餐具收走後洗乾淨，然後就離開了。

他坐在輪椅上，置身於乾淨（瑪璃安整理的）整齊、收拾妥善的公寓裡。他兒子不在家，但是留下一封信。信上說他找到了另外一間帶家具的出租房，眼前這樣的安排似乎比較合適。總之，他本來就不打算跟他一起住太久，等到他幫自己找到另一個住處就該搬走了。現在他既然在住宅區裡找到一個地方，離鎮上的核心地帶也不遠，是在一棟花園洋房的地下室，整層都他自己一個人住，有個獨立的出入口。信末又提到，他會在復活節假期中找一天來看他，因為他沒有打算去外地，只會待在家裡看看書。最後致上彼德的問候。

復活節假期中，每天都有一位社區護士過來準備食物給他吃，幫忙做點家事，然後看他還有什麼需要協助的；目前有兩位護士輪流，等到連續假期之後，還會再有幾位其他的護士加入輪班的行列。她們所有人都會有一把鑰匙，可以自己開門進來。復活節假期還沒有結束，她們就開始主張畢庸・漢森應該要試著參與準備他自己的三餐。這樣是最理想的，她們說，每個人都應該盡量自己動手做——「這樣也是為了你自己好。能夠靠自己會讓你對人生有積極態度。」她們說。

有一天門鈴響了。兩次。但是畢庸・漢森都沒有去開門。因為某種原因或出於其他考量，他總覺得來者可能是杜麗蒂・拉美爾斯，而他並不想見到對方。自從他搬出拉美爾斯花園洋房，已經五年沒有跟她碰面了，除了有幾次遠遠地看到她，他就立刻轉身繞路避開。她也沒有再來找過他，但即使如此，這一刻他仍然覺得來按門鈴的可能是杜麗蒂・拉美爾斯。她應該是突然覺得很想來看看他，親眼目睹他坐在一張輪椅上。然後他們兩個就可以各自釋懷，她抱著憐憫的心情，而他從此就可以清靜度日。他會在自己能力範圍內想盡辦法不被別人看到，在他目前身體的狀況下，避免跟杜麗蒂・拉美爾斯對話。但是來按門鈴的不一定就是杜麗蒂・拉美爾斯。也可能，譬如說，是赫爾曼．布斯克。但是他仍然不會開門。現在還不會。時候還沒到。

不過，來的人並不是赫爾曼．布斯克。復活節過後，他打了電話來說他那段時間都不在家。他想過來看看畢庸．漢森，但是畢庸．漢森告訴他，說實在的，他現在還不希望有人來探望，他必須先讓自己變得堅強一點，這個說法赫爾曼．布斯克很能理解。但是一個星期後他又打電話來，之後大概每隔一個星期他就會打電話來稍微問候。畢庸．漢森婉拒跟他見面，但是不想見面的原因跟他避免見杜麗蒂．拉美爾斯的考慮完全不一樣。

復活節後過了一段時間，他自己坐著輪椅上街去鎮公所，也就是原來財稅處的辦公室所在。他現在乘著輪椅在孔斯貝格的大街小巷走動已經不成問題，不管是身體還是心理上。他跟一些不是很熟的人打招呼，而他們也盡量自然地回應。到了鎮公所，他進去一樓沒有問題，但沒有再往上去二樓，財稅處的辦公室在二樓。與其花力氣推著輪椅讓自己上到二樓，他退而求其次就待在一樓，把自己推到諮詢櫃檯後面的空間。在哪裡，他們招待他喝咖啡，還有奶油卷和丹麥酥餅，是處裡年輕的職員臨時被派出去買來的。大家都說他看起來氣色很好。

正當他快要跟大家道別，重新要推著自己再出去街上時，公所參事來了，於是他們就講講話，財政處的那些僱員就趁這個時間各自回到工作崗位。稍微寒暄之後，公所參事還問他經過這樣的事之後，他的幽默感是不是還完好無缺（在鎮公所這種地方工作，如果我還稱得上有什麼幽默感，那還真是見鬼了，畢庸．漢森悻悻然地心想），他終於講到正待處理的正題。關於他病假結束後工作要怎麼安排。公所參事假定畢庸．漢森接下來要申請傷殘退休，所以他們要開始任命一位新的財政處長，不要再拖下去了。按照公所參事的看法，瓊盧恩．麥克表現傑出，應該是值得考慮的人選，不知道畢庸．漢森覺得怎麼樣？畢庸．漢森有點意外。他本來並不打算辭去財政處長的職位。他本來滿心以為還會跟之前一樣繼續任職——畢竟，除了從一樓爬上二樓在現實上會增加一點麻煩之外，他要做好原來的工作應該沒有問題。

但是對公所參事來說，畢庸．漢森如今既然不良於行，似乎毫無疑問就是要辭掉財政處長的職位。不過當然，他沒有必要完全脫離鎮公所的生活環境。「我們想要借重你的專業知識邀請你擔任顧問，」他說。畢庸對此不置一詞。如果他真的殘廢了，他一定會採取最激烈的抗議，不過現在還不是時候，他根本沒有力氣表示抗議。他覺得頭很暈，推著自己出了鎮公所，然後穿街過巷回到新橋另一邊他自己的公寓裡。

家。在他自己的公寓裡。坐在一張輪椅上。這位孔斯貝格的前任財政處長。五十一歲的年齡。那些日子一天一天的過去。時光荏苒。社區的看護辦事處對他非常地滿意。他們認為他表現出一種積極的態度。他向大家證明他有一股強烈的欲望，要靠自己的力量把生活中的這些小問題全都克服，然後在令人驚訝的短時間內，他就有辦法自己去購物、準備三餐、處理餐盤以及洗衣等等（除了一些比較難處理的，像床單之類只好假手他人）。留給每週一次的到府幫傭處理的只剩下家戶清潔（瑪璃安已經請辭，準備來年春天去考大學預備課程），和洗滌大件衣物了。不過呢，每二十四小時都還是會有一位社區護士來探訪他一次。看看他的情況怎麼樣，以防他需要有人幫他做什麼事，事實上也常常真的會有這種需要。譬如說，從高層架子上取下一本書。或者有時發生了什麼他沒有人幫忙就沒辦法處理的事。日子一天一天過去。每天最有意思的事就是遠征到超級市場去買點東西。首先，要從他自己公寓的大門通過就得很費事地操作。接下來進出電梯也不簡單。下一步要穿越樓下大門，然後沿著街道穩穩地航向超級市場，那裡很舒適，地板平順，輪椅在上面推轉前進，無往不利。早上的顧客稀稀落落；他穿行在堆積如山的貨品之間時往往都只有自己一個人。他推著自己的輪椅，一行一行地逛，彷彿他置身在街道中央，兩邊路旁層層疊疊都是大量的，譬如說，牙膏、洗潔劑、柳橙、義大利香腸、乳酪、牛奶、青蘋果、紅蘋果，還有漢堡餡之類生活所需。他不著急，在那邊慢慢地逛，有時會待超過一個小時，在超級市場內輪椅推前推後，挑選他所需要的雜貨。後來他跟店裡的工作人員都混得非常熟了，不管是結帳櫃檯那些女人，或是整天跑來跑去，在貨架擺上新鮮蕃茄、碎肉、奶油、衣物柔軟精的補貨人員。在他的印象裡，他們對他都算有好感。他是那種有點身分地位的殘障人士。不會突兀地喧嘩或者情緒失控，也不會忽然身體不適什麼的。他一貫態度和善，凡事都很好說話。

有時候，他會推著自己下到拉澗河邊，去看看兩岸的景色，或者就在街上隨處亂轉，常會碰到以前的熟人，湊在一起講上幾句話，大家眼看他能這樣從容地面對飛來橫禍，似乎都覺得如釋重負。他們那種反應會讓他覺得有點不好意思嗎？不會，對於他們那樣的反應，他心裡只有一種難以形容的事不關己。就很像他兒子來探訪他的時候，在復活節假期過後沒幾天。如果現在門鈴響了，他會去開門。之前還擔心門外站的是杜麗蒂．拉美爾斯，他現在已經覺得是自己胡思亂想。而赫爾曼．布斯克不會沒頭沒腦地跑來。他跟畢庸．漢森平常都會通通電話。如果畢庸．漢森在電話中感覺內心深處有什麼東西浮現，讓他沒辦法繼續講下去，他就會打斷交談，結束通話。門外有時是想要賣他兌獎券的推銷員，或者可能只是個調皮的小孩。有些時候是社區護士（輪班的三個女人中的一個），或者是到府幫傭，一個三十歲左右的黑人男人每星期會來一次。他會擔心被人家識破嗎？一點也不會。因為要看出什麼端倪的話，他這個個案實在是太令人難以想像了。社區護士來的時候，他不需要時時提心吊膽，懷疑自己的行為是不是妥當。就算他一時興奮或稍不留神，做出了受過訓練的護士會知道腰部以下癱瘓的人不應該做得出來的動作，她也絕對不會把這件事情放在心上。因為他會做出這種事的可能性，對她來說完全不存在，所以就算看到了什麼，她也等於沒有看到。確實，就算她看到他從輪椅上稍微站起來，去拿一本書架上的書，她也不會相信自己的眼睛。關於這一點，他百分之百確信完全不用擔心。

整件事的背後，史歐慈醫師做好了所有安排，使得畢庸・漢森有辦法這樣生活，完全不怕被人發現。當初就是醫師跟他解釋他什麼都不用怕，甚至在醫院做第一次檢查時，史歐慈醫師鎮定地讓護士來幫他換位起身。而那位護士確實完全沒有起疑心，過程中，她幫著這位鎮級財政處長從他的輪椅裡站起來上到檢查檯。雖然當時畢庸・漢森集中注意力去模擬癱瘓的人，但是畢竟經驗尚淺，非常有可能在護士的銳利眼光下被看穿手腳，只要當時護士對於像這樣的情況有警覺的話；而這個秘密剛好，當然嘍，不在這樣的警戒範圍內。

把每一件事都安排好的人是史歐慈醫師；畢庸・漢森只要把自己的部分演得像那麼回事就行了，但是當然要遵照史歐慈醫師的指示，才能讓所有人相信。不過，這位醫師的種種安排中最重要的部分，是想辦法避免畢庸・漢森去接觸到任何可能揭發這件事的人，比方其他的醫師，萬一史歐慈醫師不在場的情形下，不能接觸職能治療師和物理治療師。換句話說，要避免畢庸・漢森被送去什麼康復之家，接受復健或者某些專家訓練課程。「孫納斯醫院」就是像這樣的威脅，唯有靠著史歐慈醫師的權威才能避免畢庸・漢森必須跟他們打交道。史歐慈醫師當時就強調沒有必要把這位病患送到那裡，在家裡施行的訓練課程具有相同的效果，而且價格便宜很多——這個論點誰聽了都覺得言之成理。為了阻止一位孔斯貝格的物理治療師來對畢庸・漢森施行療程，無論如何，史歐慈醫師都必須稍微做點手腳，他之前就把這個情況告訴過他，到時候應該可以順利解決，不會被發現，除非因為其他的原因讓這整件事被看穿。

就這樣畢庸・漢森坐在一張輪椅上，在他自己的公寓裡，推著自己在公寓裡四處走，任憑時間一分一秒地過去。饒有興味地期待每天費力遠征前往超級市場裡舒適的空間和走道中。他沒有辦法抱怨。事實上，如果這樣還要抱怨，就太不可思議了。這本來就是他自己的計劃，現在又已經付諸實行。不管怎麼說，基本上，他是史歐慈醫師創造出來的產物。

然而他心裡萌生一些不愉快，不是只有一點點，他開始把自己看成是經過史歐慈醫師簽名落款的藝術作品。畢庸・漢森這時已經了解史歐慈醫師是有意要把他拴在輪椅上，這一輩子就拴在上面了。他本來可以不讓這個情況發生（聖週星期二，畢庸．漢森坐著輪椅被他們從維爾尼厄斯送來他在孔斯貝格醫院辦公室的那時候，他可以，在只有他們兩個人獨處時就說，「我們到此為止。」然後畢庸．漢森就可以不要再往下進行），但是他不敢那麼說。相反地，他照著原計劃，完全不受影響。在一種讓人難以忍受的氣氛之下（一場「危險遊戲」），他一手策劃了上一回到另外一邊的旅行，從那個時候起，如果要走回頭路，他們兩個都難逃災難性的後果（路斯廷瓦斯醫師也會一起遭殃）。到這個時間點為止，他們都還可以中途落跑（雖然路斯廷瓦斯醫師已經沒有辦法脫身）：史歐慈醫師要抽身的話，就得要把畢庸．漢森欺騙世人的計劃揭發出來，然後不要留下任何能顯示自己涉案的線索（萬一畢庸．漢森想盡辦法要把他拖下水，假設事情有可能那麼發生的話）；而畢庸．漢森如果半途而廢，大家一定會覺得他顯然是瘋了，因此他的情況會被申報為心理疾病，不等他回任孔斯貝格財政處長，就先送到精神醫院去管理治療。不過事情沒有朝那樣發展，史歐慈醫師毫不留情地把這個計劃付諸實行，期間甚至沒有再回頭問畢庸．漢森是不是真的想繼續，在事情變得沒有回頭路、他得一輩子這樣下去前那短暫的幾秒鐘之間，彷彿史歐慈醫師也害怕畢庸．漢森變卦，他畢竟現在坐在輪椅上，而且也知道他接下來一直都得坐輪椅，甚至雖然沒有必要，但是在跨出最後這一小步之前，如果沒有提出異議，也會在最後關頭踩起煞車，在這個荒謬反常又危險的遊戲轉為非如此不可之前。史歐慈醫師自己的動機又是什麼呢？是什麼力量能這樣驅動他前進呢？

為什麼史歐慈醫師要那麼努力促成這件事呢？用這種方式把一個健康的人拴在輪椅上可以帶給他什麼樂趣呢？當然不是為了看他坐在那裡，因為到了九月初，畢庸．漢森就可以報告說在孔斯貝格醫院的「檢查」之後，五個月來他都沒有再見到史歐慈醫師。剛開始他覺得那是因為史歐慈醫師不想冒險來探望他，因為也許會有人，例如社區護士，可能會「無意間撞見」他們兩個人在一起。不過那又有什麼關係呢？一位醫師來探望他其中一位病患，看到這樣的景象會起什麼疑心呢？根本就不會啊，如果他們所謂「被人撞見」就只有一次的話，而且會被撞見的機會本來就少之又少，即使史歐慈醫師來探望畢庸．漢森的次數很頻繁又很規律。然而史歐慈醫師會打電話給他，他就在電話上跟這位醫師說說他的近況。在過去兩個月裡通了三次電話。照這個情況看來，他是出於關心，所以打電話來鼓勵他。聲音很和藹地問他最近過得怎麼樣，然後當畢庸．漢森回答說「日子還是要過下去」時，他還稱讚他，給他一些好的建議，教他如何鍛鍊上臂的力量，因為畢竟如今，手臂必須單獨擔負起之前手臂和腿腳聯合起來可以輕鬆有效率地完成的動作。最後他還問了一些很實際的事項，諸如，事實上在公所參事的推薦之下，畢庸．漢森已經去申請了傷殘退休給付，此外他還問畢庸．漢森有沒有收到應該要領到的保險金。並不是很大的數目，只有十六萬克朗，一般的旅遊保險。但是他透過問這件事——他每次打電話來都會問——史歐慈醫師是在暗示他們兩人的命運現在已經綁在一起，而在他們的協議裡有一部分是史歐慈醫師會收到他一半的保險金。事實上，在他們一同計劃的那個階段裡，曾經有個時間點他們討論到畢庸・漢森要不要去提領更多的保險金，但是後來決定不要那麼做，因為在保險即將理賠的事件發生前領出那樣金額的保險金，風險太高。但是透過每次打電話來不斷提到這一筆金額不大的旅遊保險，史歐慈醫師是在給畢庸・漢森打一個秘密的手勢，表明他沒有「忘記」，他沒有對他們共同的計劃棄而不顧，儘管這個計劃現在已經實現，但他還是覺得自己和這件事緊緊相連，畢庸・漢森聽他這麼說也頗感寬慰。

到了九月初，保險公司通知他錢已經核發下來，存進他的銀行帳戶。他請社區護士幫他去提兩萬克朗出來。幾天之後他聯繫了彼德，讓他去提領兩萬五千克朗，他從這筆錢裡抽出五千克朗給他兒子，他收到錢非常高興。他與他兒子是在孔斯貝格工程學院的門口碰面，就在那個開放的廣場上，當天眼前一片明媚的秋光；他坐在輪椅裡，雙膝上蓋著一條格子花呢毯，在推著自己輪椅回家之前，他拿了五千克朗給他兒子。然後他打電話到醫院給史歐慈醫師。在對話中，他提及保險金已經核發下來。他在一個信封裡裝了四萬克朗，然後等著。史歐慈醫師當天晚上就來到他家。

畢庸・漢森坐在他的輪椅上接待這位醫師；他煞費周章地打開大門，推著輪椅領醫師走到客廳。史歐慈醫師跟他的創造物見了面，當然這同時也是畢庸・漢森自己的作品。這一次碰面結束時畢庸・漢森有一點失望，因為當史歐慈醫師離開時，畢庸・漢森感覺自己被甩在後面，全然地孤立，腦海中浮現只有他一個人的景象，讓他突然真切地萌生一陣恐懼。一開始他感到失望是因為他試圖和這位醫師形成一種連帶關係，卻被對方打了回票。每個希望和對方達到相互了解的邀請都遭到拒絕。史歐慈醫師當天有點亢奮，所有注意力的焦點都放在那筆錢上面。那筆錢從畢庸・漢森單方面了解的是，作為他們兩人這種盟約的正式確認——他把這個信封交給史歐慈醫師就履行了他應盡的義務，而史歐慈醫師透過把錢收下，確認他在他所扮演的這部分角色也盡到他應負的責任，所以交付這筆錢就被視為把他們連結得更緊密的一種象徵性舉動——但是史歐慈醫師把整件事都破壞掉了；對他來說錢就是這件事的重點，也是他去到那裡的唯一理由。從他的行為中可以看出，這一點非常明顯。進門時他的表情看起來很不安，等到他看見畢庸刻意單獨放在餐具櫃上方的信封，整張臉就亮了起來。「莫非這就是……？」醫師問道，畢庸・漢森點點頭。他把信封一把抓到手上，把錢放進上衣內側的口袋，然後看了看錶。「很對不起，」他說，「但是我現在就得走了。我跟別人有一個重要的約。」畢庸・漢森眼睜睜地看著他——就在這個時刻，他感覺到失望。

因為這樣實在沒有道理。這只是一個遊戲。本來就不是為了錢。打從最初開始，史歐慈醫師對於他將會分到的那一筆錢就一直有一點不置可否。作為加入這個計劃的條件，他當時就說他要先拿到一半的保險金。但是在那之後沒有多久，他又否決了把大部分的保險金先提領出來的想法，因為那樣做風險太高。但是真的風險太高了嗎？畢庸・漢森當時就不那麼認為；怎麼看都不會有什麼大風險啊。但是不管他怎麼想，史歐慈醫師當時就是不肯冒任何的風險，以至於能夠把，譬如一百萬克朗，就這樣直接塞進自己的口袋。但是為了這盞盞之數的八萬克朗，他卻願意放手去幹。而且還極端熱切地想趕快把錢拿到手。打了三次電話來問錢到了沒有。而且錢一到，他馬上就跑過來拿。這些事合起來看，實在說不過去，完全沒有道理。難道他是試著想讓畢庸・漢森認為他這麼做完全是為了錢嗎？就為了八萬克朗？對史歐慈醫師來說八萬克朗算得了什麼？他根本不放在眼裡。沒錯，他是有藥癮在身，但是他從醫院就可以取得他所需要的藥，完全不要錢。他本來就已經有夠多錢了，而且除此之外，在畢庸・漢森認識他這麼多年當中，他從不曾給人一種貪婪或者小氣的印象。所以為什麼如今他會試著想讓畢庸・漢森相信他就是這麼樣的一個人——會為了八萬克朗不擇手段，什麼事都願意幹？

史歐慈醫師是在尋找一個能讓他心安理得的動機，這是畢庸・漢森所能想出來的唯一解釋。能夠心安理得，無論是面對他自己或是面對畢庸・漢森。不過同時，作為最後的手段，事情的關鍵所在，畢庸．漢森推測：如果他失手把事情搞砸了，如果，假設這整件事不知道怎麼搞的總之就是曝了光，他也會因此覺得心安理得。而目前只有一個方法能讓這件事曝光：要嘛就是畢庸．漢森要嘛就是史歐慈醫師，其中一個人自己「引爆」。如果是這位醫師來引爆，為了解釋他自己的行為，他需要一個動機。那時候他就可以說他做這件事是為了錢，而畢庸．漢森也可以證實這一點，因為他也注意到史歐慈醫師的行為：事實顯示，畢庸．漢森一拿到錢，史歐慈醫師就跑來，而且他腦子裡想的只有一件事，就是那筆錢。這位醫師的動機就是貪婪，財務上的利益。而這一點，社會當然能夠接受，因為這個動機很可鄙，除非被強迫，不然一般人都不會想承認。然而史歐慈醫師卻覺得絕對有必要緊抓著這一個令人覺得可鄙，也並非事實的動機。如果這件事被人揭露，那他就完了，他就毀了，他完全了解這件事後果的嚴重性。即使如此，他還是覺得有必要，當他想像他自己完蛋了，毀掉了，假面具被揭開的那一刻，要能有辦法說他做這些事是為了錢。而為了到時候能那麼說，他現在需要畢庸．漢森。在想像中，事情敗露時能證實他所聲稱的這個動機，這件事重要到他不惜冒著被人揭穿的可能性會因此升高的危險。因為現在，畢庸．漢森可能會自己引爆的機會很顯著地提高了，從史歐慈醫師的觀點看起來，畢庸．漢森現在腦子裡一定會想得比較清楚，明白史歐慈醫師不是他的同謀，道義上他沒有保護史歐慈醫師的責任，本來他當然絕對不可以自己「引爆」，因為如果他那麼做，他的同謀就會被他毀掉，但是如今他明白對方一路以來參與這件事，純粹只是為了錢，就算他多少還是對這個計劃的意義有一點智力上的好奇心，畢庸．漢森假定史歐慈醫師心裡應該會想，畢庸．漢森如今會怎麼思考這件事。然而，為什麼這件事對他有如此的重要性呢？這可能不過只是意味著史歐慈醫師不想讓他真實的動機暴露在大眾的檢視下。他那麼做的原因是為了錢，而不是因為他……喔，到底史歐慈醫師的動機是什麼呢！

畢庸．漢森無從得知。但是他知道這些動機的本質，史歐慈醫師連對自己都不能承認。他只願承認他讓畢庸．漢森坐上輪椅是因為有錢可以賺，這何樂而不為，除此之外並沒有其他想法。就在這個時候，畢庸．漢森腦海裡對他這樣的行為浮現真正的恐懼。畢庸．漢森到底是誰？是誰（自願地）坐在這張輪椅上？史歐慈醫師到底害怕什麼事呢？他這個同謀者寧可被大家認為是心態可鄙而貪婪的人，也不願意自己內心真正在意的想法被聚光燈一照，攤在大家的眼前。

「這裡只有一半的金額，」畢庸．漢森有氣無力地說，「是四萬克朗，不是八萬克朗。我不想冒險領太多。暫時還不能麼做。其餘的金額你六個月之內會拿到。」醫師看著他，然後點點頭。「那不要緊。」他說。他站在那裡，雙腳交互著受力，急著想趕快離開。畢庸．漢森詞窮，想不出可以說什麼讓他再多留一會兒。「那我們就從今天起算六個月。同樣的地點，同樣的時間。」史歐慈醫師點點頭。他草草地說了再見，沒有再拘泥以醫師身分考慮周到地體恤病人的客套。

史歐慈醫師離開，留畢庸．漢森自己一個人。他對自己接下來的命運有點害怕。他現在是完全孤零零的一個人了，只不過是聽由別人擺弄而變成現在這個樣子。他是聽由別人擺弄，但是那個別人卻不敢正視他所創造出來的作品——用旁人的眼光不敢，用他自己的眼光也不敢。他到底是做了什麼事呢？這件事裡到底有什麼可怕的東西，就連史歐慈醫師也要準備好逃亡路線，以及不希望自己被指控為畢庸．漢森這個計劃中的共犯？畢庸．漢森自己高興坐在輪椅上，這到底有什麼可怕的呢？史歐慈醫師用自己的專業幫忙他進行到這個地步，這其中又有什麼可怕的呢？是對醫師自己來說可怕嗎？是他的動機可怕嗎？還是這個行為本身可怕呢？是他做這件事的理由可怕，還是畢庸．漢森出於自己的自由意志，坐在一張輪椅上讓他覺得恐怖呢？他願意參與這件事情的理由，說到底，一定和畢庸．漢森自己的理由相近，雖然說幫著別人放到那樣的處境中跟實際發生在自己身上還是有所區別，畢庸．漢森心想。他對他自己的動機不再多想。他已經沒辦法再回憶起當初為什麼會如此著迷於這個想法。他知道他在那段時間裡真的很著迷，但是已經沒辦法再解釋為什麼。他坐在那裡試圖回想，想要找出原先讓他實際上去淌這趟渾水的線索源頭為何。當然不是因為坐輪椅的生活有多麼讓他著迷。也不是因為坐在輪椅上假裝癱瘓，實際上卻完全健康，騙過了所有人的這個想法讓他多感興趣。也不是愚弄社會這件事對他有多麼難以抗拒的吸引力——愚弄他的朋友、熟人，甚至他自己的兒子——所以他才做出這樣的事。那到底是為什麼呢？他不知道。不過事情已經做了。然而當他想到這件事已經做了，而且回想起當初有這個想法時感受到的那種瘋狂吸引力，他就能夠接受，並打從內心深處對自己把這件事執行到現在這個地步而覺得深深滿足。如今木已成舟，沒有辦法再回頭，而這股深深的滿足感和他當初想到可以把這樣的事執行出來時感受到的魔力完全相符，就像一陣回聲，一個內在的確認，感受到事情的連貫性，就像一條河流終於找到自己的航道，從此平靜的流動，不為世人所見，流經他最深處的自我。他要放棄原先可能有過，而且接下來還會繼續再有的任何概念或想法都沒有問題，這樣的概念或想法可能代表對這件事的理性或值得嘉許之處的解釋，因為他實在是沒有辦法對這件事做任何如此的解釋。每次他想要嘗試，經過一段時間後都只好斷然放棄。無論是把這項行動稱作一種剝削，或者一次反叛、一項挑戰，對他來說都顯得自大，而且有點荒謬。他沒有辦法從愚弄別人相信他半身癱瘓，必須坐在輪椅上這件事看到什麼了不起的層面，而實際上他身體根本什麼問題也沒有（除了他的胃還是常常會抽痛，他的牙齒也繼續隱隱作痛）；這件事其實只是愚蠢，甚至可以說令人難堪，尤其是考慮到他需要用到社會資源，得讓公共衛生服務部門的一些人來幫他的忙，這些人真的很熱心，常常是一些有理想的人類，被他這樣無情地捉弄，連他自己也不免內心感覺不好意思，未免太過分了一點。不過即使如此，能把這件事執行到這個地步，他的內心裡還是有一些暗暗的滿足感。關於這個部分，他無法也不想否認，儘管史歐慈醫師對這件事的恐懼同時也讓他覺得恐懼，但是這件事不能停也還沒有完，除了他現在必須要接受這件事再往下完全要靠他自己，當他坐在那裡，陷入無聲的孤獨中，忍受這件事的淒涼景象，這讓他頓悟到，以一種完整又基本的方式，隱藏在「直接被帶領著下地獄」這個概念背後的真切況味，眼睜睜地。

是的，跟史歐慈醫師這回見面，讓他有點動搖。他現在確確實實只剩下自己面對這件事情。在他的公寓裡，日日夜夜。然而就在這時電話鈴響，是赫爾曼．布斯克。畢庸．漢森心中一喜。或許赫爾曼．布斯克也感覺到畢庸．漢森心情不錯，因為他立刻邀請畢庸星期天過去吃晚飯，於是畢庸這回就答應了，同時也感謝他相邀。自從這個「事故」發生之後，他都還沒見過赫爾曼．布斯克，一直覺得不太想跟他碰面，雖然赫爾曼．布斯克常常暗示他們應該要像以前一樣再彼此碰面，而不是像最近這樣只是講講電話。但是這回他居然答應了。

到了星期天，赫爾曼．布斯克來接他。他上樓到公寓裡來，然後他們從那裡一起離開，搭電梯到一樓，再到街上。赫爾曼・布斯克推著他沿路步行到他位於孔斯貝格一個老住宅區裡的花園洋房。這天是個明媚晴朗的秋日；樹葉子剛染上一抹彷彿悶燒時隱約閃現的紅光。秋寒料峭，這對坐在輪椅上被他的朋友赫爾曼・布斯克推著往前走的畢庸・漢森來說還增加了一點刺激，更添生氣。赫爾曼・布斯克似乎也興致高昂，滿臉笑意地推著輪椅前行，說話的口氣輕快活潑。當他們走到了這位牙醫師的家，赫爾曼・布斯克小心翼翼地把輪椅推上鋪了礫石的私家車道。他靈巧地把他推上階梯，動作小心謹慎，就這樣進到屋前走廊。貝莉特走過來歡迎他。繫著一條圍裙，她從門口一路走進到廚房，從那裡傳來一股烤羔羊肉的可口香味。赫爾曼・布斯克推著畢庸・漢森進到他們家的畫室，兩個大男人在晚餐前先喝點東西提神。這段時間裡，畢庸可以聽到也看到貝莉特忙進忙出，一會兒在廚房，一會兒在餐廳，對桌上的食物做最後的修飾工作。最後她終於走出來，宣布晚餐可以上桌了。赫爾曼・布斯克站起來把畢庸・漢森推到餐廳。餐桌都擺好了，排成他之前看過上百次的樣子，只有過去他椅子所在的地方現在留出空位成了一個凹洞，赫爾曼・布斯克把他推到那個位置上。白色的餐桌布。滿桌誘人的晚餐，瓷器組、水晶杯、銀製的刀叉餐具，每付餐具上都細心折疊好一條白色的錦緞餐巾。赫爾曼・布斯克在他往常的位子上坐下來。貝莉特把菜端過來，燒烤羔羊肉、白豆子和烤馬鈴薯。羔羊肉汁就充當醬汁，簡單又有滋味。貝莉特堅持這一回也要像過去的任何一回，把羔羊肉烤得比一般現在流行的火候更熟一點，這樣才會全熟，不會切開來裡面還紅紅的，雖然畢庸・漢森以往比較喜歡稍微紅一點，但是此刻也不計較，畢竟沒有什麼其他菜色比得上貝莉特這一道燒烤羔羊肉，從過去的經驗中他很清楚這一點，現在他真的很期待這一頓佳餚。赫爾曼・布斯克為他斟上紅酒，一道一道的菜就在彼此間傳遞。孔斯貝格的星期天晚餐，在布斯克這位牙醫的家裡。

話題俯拾即是，用餐氣氛就跟往常一樣輕鬆愉快。貝莉特和赫爾曼・布斯克對於這位過去會來吃飯的老朋友又重新回到這張餐桌上，兩個人滿臉都洋溢著笑容。只是用餐到一半，畢庸．漢森發現自己必須去上個廁所。他對自己沒有考慮周詳而懊惱——他應該要在赫爾曼．布斯克還沒來接他時先在家上，他一定是太興奮才會忘了。現在他想盡辦法要忍住，但又過了一會兒他必須承認有點忍不住。他表示非常抱歉。「給你們添麻煩了，害大家沒辦法好好用餐。」赫爾曼．布斯克站起來推他到廁所時他說。到了廁所門口，他們遇上了一個先前沒有想到的嚴峻考驗。廁所太小了，容納不下這張輪椅。跟畢庸．漢森的公寓不一樣，赫爾曼．布斯克的房子沒有配合輪椅使用者改裝（畢庸．漢森住的是一九八〇年代中期之後的現代公寓，無障礙空間已經是標準規格的一部分。如果不是住在那樣的公寓裡，他或許不會想把自己搞成現在這個樣子，畢庸．漢森常常半開玩笑那麼想）。赫爾曼．布斯克當場無計可施。他滿臉困惑地看著畢庸．漢森。

「我會有辦法，」畢庸．漢森說，「但是我希望只有自己在場。」

赫爾曼．布斯克把廁所的門打開，將上面坐著畢庸．漢森的輪椅推到牆邊，然後迅速離開。他回到餐廳去，與此同時畢庸．漢森安靜地下了輪椅。他躡手躡腳地走進廁所。這是他坐上輪椅後第一次這麼做，因為他一直特別要求自己遵循這個遊戲規則，連在自己的公寓裡獨自一人面對真正的輪椅使用者必須花不少力氣才能做好的任務，他也絕不馬虎。但是現在他站起來，然後尿了下去，站得直挺挺地，就像這是世界上最自然的事一樣。

布斯克一家還在餐廳裡等著呢。而就在這裡，畢庸．漢森直挺挺地站著尿尿。如果讓他們看到的話！突然間畢庸．漢森感受到非常強烈的慾望，希望赫爾曼．布斯克這時不經意地來到走廊，眼見他站在那裡尿尿。這不是不可能。赫爾曼．布斯克應該會很擔心，不曉得畢庸．漢森有沒有辦法靠自己上廁所，或許也在想他是不是應該要來幫忙，不管怎麼樣。不過那是不可能的。赫爾曼．布斯克絕對不可能那樣自作主張。畢庸．漢森先前已經要求自己一個人上，而赫爾曼．布斯克也明白他為什麼那麼要求。他不想讓人家看到他處於尷尬的姿勢，譬如說，在地板上爬著朝向廁所，然後把自己撐起來坐上馬桶座，然後再用同樣尷尬（因為會被別人看到）的姿勢爬回去。他可以信賴赫爾曼．布斯克。他知道他和貝莉特一定是坐在餐廳裡，兩個人在餐桌上很注意地聽著，準備一聽到撞擊聲（如果他倒下的話），知道他需要幫忙就趕快跑來。但如果不是那樣，他們不會過來。他完全有把握他這樣直挺挺地站著，就好像這是世界上最自然的事，絕對不會被他們發現。

雖然如此，他沒有辦法擺脫他想要被人看見的這種強烈慾望。想要被他的朋友赫爾曼．布斯克看見，希望他能突然出現在走廊上，然後看到他站在那裡，不折不扣地就像這莫名其妙的「事件」發生在他身上前他原本的樣子。他有把握赫爾曼．布斯克一定能了解。噓，畢庸會小聲地把食指壓在嘴唇上，示意眼前目瞪口呆的赫爾曼．布斯克，他幾乎沒辦法相信自己的眼睛。但是當畢庸．漢森做出這個「噓」的手勢，赫爾曼．布斯克就會意會過來，點點頭，然後回給他一個了解的手勢，表示出他的驚喜。這麼一來他就被吸收成為計劃的一部分——而對畢庸．漢森來說，有什麼比把他的朋友赫爾曼．布斯克吸收到他這個平白加到自己身上、令人費解的計劃中更讓他感到高興，或許他們能把貝莉特也吸收進來，雖然這一點畢庸．漢森比較沒那麼有把握。但是赫爾曼．布斯克能了解他。不是了解他為什麼這麼做，而是了解他做了這樣的事，然後因為他已經做了這樣的事，他也就接受了，然後讓自己被吸收進這樣的計劃裡。畢庸．漢森有把握赫爾曼．布斯克會了解，而且能接受。如果他在那邊站得夠久，赫爾曼．布斯克遲早會走過來，因為如果畢庸一直沒回去，他和布斯克太太就會很不安地互看對方，然後赫爾曼就會改變他原先不想走出來看的初衷，於是就會有可能看到他的朋友正處於不想被人看到的尷尬處境，而相對地，赫爾曼．布斯克也不希望看到自己的朋友陷於這樣的處境中。但是現在一定是發生了什麼事，那邊一點聲音都沒有，也不見畢庸回來。如果我在這裡站得夠久的話，畢庸．漢森心想，我的朋友遲早會跑過來看到我，那麼一來我的生命中就有一個盟友了。但是他終究還是忍住沒有那樣做。他把該尿的尿完，甩一甩他的老二，（躡手躡腳地）退到走廊，靜靜坐回他的輪椅上。那樣做終究還是覺得哪裡不對。他之前所做的事當然也不對，但總之，他的人生已經變成這樣了。他不能再改變它，不能因為自己心懷著把這個朋友化為盟友的美夢（算不算美夢其實還很難說）就改變它。他明明沒有事，卻裝作癱瘓坐在輪椅上，從此就命定必須接受事實，他沒辦法把別人帶進這樣驚人事實中。他自行推著輪椅，經過狹隘的走廊進到餐廳，赫爾曼．布斯克早就把門敞開等著他。看到他們不幸的朋友出現，夫妻倆笑逐顏開，畢竟隔了那麼長的一段時間，好不容易才讓他答應再來家裡作客。

日文版 村上春樹譯後記

二〇一〇年八月，我曾經應挪威一個文化團體「文學之家」的邀請，在奧斯陸市內整整住了一個月。他們告訴我「只要在一個晚上舉行一場朗讀會，之後可以在奧斯陸盡情玩，住多久都沒關係，住宿的地方就在『文學之家』這棟建築裡。」對方這麼說後，我很感興趣，隨口試問「那麼，也可以住一個月嗎？」「當然可以。歡迎，歡迎。」就這麼說定。於是我和我太太就到那裡接受了他們一段時間的招待，住宿的房間像學校教室般相當寬敞（隔壁是圖書室），附有小廚房，可以自己開伙。不過旁邊緊鄰著一間舒適的啤酒屋兼花園餐廳，所以我們經常過去用餐。「文學之家」大門旁也有一間相當時髦的咖啡館，對面就是皇宮，位在一座寬廣漂亮的公園內，常常可以看到人們在那外圍跑步。據說挪威皇太子妃也來參加了朗讀會。她從皇宮微服出行，穿過大馬路悄悄走進來。挪威的王室非常開放，所以觀眾看到皇太子妃也不會騷動，因此我甚至完全沒發現她來。後來聽人說起還嚇了一跳。

「文學之家」似乎招待過不少來自世界各地的作家到這裡來演講或舉行朗讀會，讓他們住在這裡，不過大家頂多住幾天，只有我在那裡住了一個月之久，似乎還因此成為一個小話題。前一陣子我在紐約遇到作家唐娜・塔特（Donna Tartt）女士，她說起先前受到「文學之家」的招待，才剛從那裡回來，「他們說村上春樹在這裡住過一個月，還特地帶我去看了你住過的那個房間呢。」唐娜笑著跟我說，聽完我冒了一身冷汗。

奧斯陸是個相當漂亮的城市。搭乘路面電車可以很方便地到達任何地方，想散步的話，步行距離很剛好，即使住上一個月也絲毫不感厭倦。這裡既是挪威的首都，又是最大的都市，但人口並不太多，市容清潔治安良好。八月既涼快又舒適，夜晚甚至還有點冷。然而停留長達一個月之久後，帶來讀的書果然不夠了，因此我到瑞典小旅行時，就在奧斯陸機場的書店找英文書，就在那裡偶然看見這本達格・索爾斯塔（Dag Solstad）的*Novel 11, Book 18*，一本書名實在很怪的小說。（原名是*Ellevte Roman, Bok Atten*，意思是他的第十一本小說，第十八部作品。是什麼就說什麼，非常直接的說法）。那時候我還不知道誰是索爾斯塔先生，不過因為是挪威作家的英譯本，很想知道是什麼樣的小說，就把書買下來。當然多少也是被那樣的書名吸引。上了飛機我在座位上開始翻閱前面幾頁，竟然欲罷不能，旅途中一有空就熱心地繼續讀下去。我已經好久沒這樣忘我入迷地讀一本小說了。

總之是一本不可思議的小說，這是我讀完後闔上書，毫不虛假的感想。不僅書名獨特，內容也獨具風格與眾不同。甚至可以說，好在哪裡我也說不太清楚。雖然如此，但總之很有趣。一邊讀心裡一邊想「這故事到底會變成怎樣呢？」一邊凝神屏息地讀到最後。不過，說真的，這真是滿古怪的故事。

要問怎麼個怪法，首先是那小說的風格。到底是新還是舊？連這個我都難以判斷。文體和情節猛一看似乎相當保守，但整體呈現的模樣絕對是前衛的。每次有人問我這本書「到底是什麼樣的小說？」我都暫且以「這個嘛，可以說是披著保守外衣的後現代作品……」回覆，因為除了這樣的答覆，我也一直想不到更適當的表現說法。後來我還瀏覽了索爾斯塔先生的其他作品，發現這似乎就是他小說特有的風格。手法上雖然就是徹底的寫實，但在那寫實之中卻又有著微妙脫離現實的地方……。總之，他的寫法和時代的流向或風尚、或文壇地位之類的都無關，完全是要徹底追求自己的個人風格，他似乎就是屬於這個類型的作家。他的風格，和我所知道的其他任何現代作家都不像，非常獨創。我之所以會在讀了這本書之後被如此強烈地吸引，原因我想就是他那毫不動搖的獨創性。

達格・索爾斯塔是挪威最具代表性的作家之一。半個世紀以來，他發表了許多長篇小說、短篇集、戲劇、隨筆等，期間他總共三次獲得挪威的文學評論獎（沒有其他挪威作家有過如此的榮耀），作品已經被翻譯成三十種語言在世界各地出版。他在一九四一年出生於挪威的桑德爾福德（Sandefjord），一九六五年出版第一部作品。一九六〇年代時他以活躍的年輕作家之姿，陸續發表政治色彩濃厚的創作，掀起正反兩面的評論，後來他的書寫轉向「存在主義」式風格，一九九〇年代，他以帶有犬儒諷刺的獨特文風和怪異的幽默感，在挪威和世界各地都獲得廣泛讀者的支持。但就我所知，他的作品還沒有任何一本被介紹到日本出版過。我因而機緣偶然地成了第一個把這位作家介紹到日本的翻譯者，這一點我深感榮幸。這本《第11本小說，第18本書》是一九九二年在挪威出版，英譯本在二〇〇一年出版。他的作品被譯介到英語世界，算起來也是晚近的事。

我從剛讀完這本小說之後，就一直想如果自己能把這本作品翻譯出來該有多好。但很遺憾我不懂挪威語，因此不得不從英語翻譯。這就有點麻煩了……我對此一直猶豫不決，因為無論從翻譯者或是作者本人的立場考量，我的態度向來是盡可能避免第二重翻譯。不過，在經過種種考慮之後，覺得就算是第二重翻譯——當然這要經過原作者認同——我還是很希望親自動手來翻譯這本小說。首先是，無論怎麼等我都沒聽說有人要來翻譯此書，再來一點是，索爾斯塔的文章是屬於徹底排除感傷成分，極講究邏輯的類型，而且也極少風景描寫之類的筆法，在這層意義上，我想第二重翻譯往往會伴隨產生的「翻譯漏失」應該可以降到最低限度。

總之，索爾斯塔的文體相當特異，故事始終以理性推演發展下去。而且他往往以極短的文句和極長的文句交互出現來敘事。短文句就如瑞蒙・卡佛般簡潔直率，長文句的邏輯則感覺彷彿像「盒中盒中盒」般，裝填得密密實實的。要把那一層層分解剝開，轉換成日語的文章實在相當困難。如果照樣翻譯的話會變成不是正常的日語（因為日語並不那麼合乎邏輯），因此必須仔細地分別解剖，有必要適度分節，重新排列組合，才容易瞭解。此外他的原稿幾乎不太換行，文章不分段落章節地寫下去，如果照那樣的排版印刷，書會變成滿頁黑壓壓的。歐洲語文和日本語一眼看上去黑的感覺相當不同，考慮到閱讀時的易讀性，我在翻譯時換行不得不比原文稍微加多，這點希望讀者諒解。

其次，他的文章幾乎看不到所謂心理分析這東西。當然並不是完全沒有，不過寫到了就寫，可能唐突地結束，極度缺乏「因此怎麼樣」的故事發展邏輯。雖然會描述當時的心理，但讀完卻對來龍去脈不明確，既不知道來歷，也不清楚去向。至少那些文字完全不是說明性的。對讀者可以說是一種超現實的「放任不管」的感覺。我一邊感覺好奇怪，讀完這本書之後，又一邊把小說中重要的預備道具、很久沒讀的易卜生的《野鴨》重新拿起來讀，竟發現這本小說跟《野鴨》之間有相當根柢相通的氛圍，非常驚訝。兩本書中所飄散的空氣非常相似，《野鴨》中的出場人物雖然分別有著不同的背景，各自懷著不同的意圖生存著，從我們現代的眼光看來（我想像從當時人們的眼光看來，可能也一樣），全都是有點奇怪的人。他們的心理和意圖在劇本中大致都有了說明，也可以理解，但讀者卻幾乎不可能對他們產生移情作用。為什麼呢？因為對那些人的心理和意圖，即便各自都有個人的道理，但那些道理之間並沒有彼此產生有機的結合。那些道理彼此擦肩錯過或互相碰撞之後，唯有迷失去向而已。而且在這層意義上，出場人物看起來多少都顯得有點偏執、古怪。而且正因如此，最後終究會遭遇大悲劇。那種擦肩錯過的方式，彼此碰撞的方式，在易卜生的戲劇中，和索爾斯塔的小說中，真是令人驚異地相通。說得極端一點，在他們兩人的作品中出現的人們，似乎都在刻意避免彼此瞭解。

這種「作風」是挪威文學特有的嗎？或只是易卜生和索爾斯塔兩人之間特有的共通點呢？我不知道。不過，我想讀者可以像膚觸般感覺得到，由於那裡風土的嚴酷，和人心所處的某種窘困，使得他們雖然如此，依然（或者應該說正因如此所以更加）不得不追求倫理觀或道德意識之類的東西。而作者透過那獨特靈巧的幽默感（那只在細部極輕微地不斷滲出），和雖然壓抑卻巧妙的說故事手法，非常高明地將那痛切緩和下來。那適度的調和真是美妙，令我感動佩服。

關於小說情節和細部的種種說明，在此就省略不提。因為可能有不少人會在讀本文之前先瀏覽「後記」，但如果這無法預測的意外故事線被事先說出，就算不至於「走漏劇情」，卻會大大降低讀此書的趣味。總之我希望始終保持秘密，讓讀者讀完後不禁啞然，充分享受這故事不尋常發展的閱讀樂趣。

我的譯本是根據 Sverre Lyngstad的英譯本（Harvil Secker 出版）。就我所知，他的其他小說被英譯的還有 *Shyness and Dignity*（*Genase og Verdighet*, 1994）和 *Professor Andersen's Night*（*Professor Andersens Natt*, 1996）。這幾本都是長篇小說，屬於「行家會喜歡」的類別，評價很高。

此外，這本書的續集 *Syttende Roman*（*Novel 17*）已經在二〇〇九年於挪威出版了，目前還沒有英譯本，因此很遺憾我無法閱讀。不知道故事後來會有什麼樣的發展，非常期待。

關於作品中專有名詞的表達方式等，承蒙將我的書翻成挪威文的譯者伊卡・卡明卡（Ika Kaminka）女士和東京挪威大使館諸位的協助。至於日譯本的審核，則受到中央公論新社的橫田朋音女士和校對者土肥直子女士的照顧，深深感謝。

二〇一五年三月　村上春樹

（本文譯自中央公論新社出版、村上春樹日譯的*Novel 11, Book 18*的後記。由賴明珠女士翻譯。經授權收錄此書中。）

文學森林 LF0087

第11本小說，第18本書

Ellevte Roman, Bok Atten

作者

達格．索爾斯塔（Dag Solstad）

一九四一年生於挪威桑德爾福德（Sandefjord）。一九六五年以短篇小說集《螺旋》（Spiraler）步入文壇，作品風格創新且極具個人特色，曾三度獲得挪威文學最高榮譽「挪威文學評論獎」，被譽為挪威當代最重要作家，也是最有機會問鼎諾貝爾文學獎的北歐作家。除長篇小說外，亦有長篇小說、短篇集、戲劇、隨筆等，至今已發表近三十部作品，被翻譯成三十多種語言。

譯者

非爾

台北人。政大畢。降世逾五十載。半生浪擲書肆行業，屢以考究譯文為念。邇來因緣俱足，遂而煮字療飢。寓役於樂，不亦達乎！(pierrotmonami@icloud.com)

後記譯者

賴明珠

一九四七年生於台灣苗栗，中興大學農經系畢業，日本千葉大學深造。翻譯日文作品，包括村上春樹的多本著作。

封面設計　賴佳韋
編輯協力　王琦柔
行銷企劃　巫芷紜、詹修蘋
版權負責　陳柏昌
副總編輯　梁心愉

初版一刷　二〇一七年十一月二十七日
初版三刷　二〇一九年四月三日
定價　新台幣三四〇元

ThinKingDom 新經典文化
發行人　葉美瑤
出版　新經典圖文傳播有限公司
地址　臺北市中正區重慶南路一段五七號十一樓之四
電話　02-2331-1830　傳真　02-2331-1831
讀者服務信箱　thinkingdomtw@gmail.com
部落格　http://blog.roodo.com/thinkingdom

總經銷　高寶書版集團
地址　臺北市內湖區洲子街八八號三樓
電話　02-2799-2788　傳真　02-2799-0909
海外總經銷　時報文化出版企業股份有限公司
地址　桃園市龜山區萬壽路二段三五一號
電話　02-2306-6842　傳真　02-2304-9301

第11本小說,第18本書 / 達格．索爾斯塔（Dag Solstad）著；非爾譯. -- 初版. -- 臺北市：新經典圖文傳播, 2017.11
264面；14.8×21公分. --（文學森林；YY0187）
譯自：Ellevte Roman, bok atten
ISBN 978-986-5824-90-7（平裝）

881.457　　106018137